네가
맛있는 하루를
보내면
좋겠어

네가
맛있는 하루를
보내면
좋겠어

츠지 히토나리가 아이에게 들려주는 인생 레시피

츠지 히토나리 지음 | 권남희 옮김

니들북

《사랑 후에 오는 것들》이라는 소설로 한일 최
초로 함께 작업을 했던 츠지와 연락이 끊긴 지도 벌써
10년이 다 되어 간다. 예쁘고 유명한 여배우인 아내와
그 결실인 아들과 함께 파리의 한국 식당에서 오징어
볶음을 자주 먹는다는 그를 나도 잊고 산 지 오래다.
오늘 츠지의 새 책《네가 맛있는 하루를 보내면 좋겠
어》는 절망으로 가득 찼던 싱글대디가 어두워진 아들
에게 주었던 밝고 힘찬 요리들을 모았다. "싱글대디가
되었을 때의 절망감은 아직도 잊을 수가 없다."는 말
로 시작하는 그의 글에는 이런 절망을 이기라고 응원
하는 양파, 감자, 올리브 그리고 치즈들이 등장한다.
아침마다 부엌 창가에 서서 찬물에 쌀을 씻으며 "지지
않을 거야." 하던 읊조림이 어느새 "맛있게 할 거야."
로 변해 갔다는 그의 말은, 절망과 눈물이 "그럼에도
불구하고 잘 살자."로 변해 갔다는 뜻일 것이다.

이 글을 읽으며 그의 절망의 편린들에 울컥하다가 어느새 나는 감자를 깎고 양파를 볶고 토마토를 썰고 싶어졌다. 그러니까 오늘, 잘 살고 싶어졌다는 것이다. 고마워요, 츠지상. 간바테!

- 공지영 (소설가)

‘주방으로 도망가자. 그곳에서 인생이 새롭게 시작된다.’ 츠지 히토나리가 알려주는 새로운 인생 시작법이다.

아이들에게 무조건 세상에 맞서 싸우라고 조언하지 말자. 가끔은 힘겨운 현실로부터 도망가라고 해주자. "소설 속으로 영화 속으로 게임 속으로 도망가도 된단다." 츠지 히토나리는 주방으로 도망가라고 추천한다. 재료를 다듬고 요리에 집중하다 보면 새로운 세상이 펼쳐지는데, 이 책은 그 속에서 휴식을 취하는 방법을 알려준다. 주방으로 도망친 아빠와 아들의 대화를 읽다가 나도 모르게 울컥했다. 레시피북을 보다가 울다니, 책 속에 양파와 마늘이 많이 든 모양이다.

– 김중혁(소설가)

글이 안 풀릴 때면 요리를 한다. 맛의 차이는 있을지언정 음식은 어떻게든 완성되니까. 작게나마 성취한 것 같으니까. 츠지 히토나리의 《네가 맛있는 하루를 보내면 좋겠어》를 읽으며 여기에 '함께'라는 이름의 향신료가 더해질 때 먹는 입을 뜻하는 '식구食口'가 완성될 수 있음을 깨달았다. 또한 이 책은 요리 비법뿐 아니라 삶의 단맛부터 신맛, 쓴맛, 짠맛에 이르기까지 인생 비결이 담긴 책이기도 하다. '누군가를 위해 요리하는 사람'은 살아 있음을 긍정하는 사람이다. 살아 있으니까 요리를 한다. 음악을 한다. 책을 쓴다. 사랑을 한다. 아빠는 아들에게 들려주듯 우리에게 다정하게 속삭인다. "즐겁게 만든 건 분명히 맛있으니까."

– 오은(시인)

자식의 눈높이에 맞춘 레시피여서 생초보도 쉽게 따라 할 수 있을 뿐만 아니라 따라 해 보고 싶은 충동이 생기게 하는 훌륭한 요리책이다. 레스토랑에서나 먹던 프랑스 요리를 가정에서 간단히 재현할 수 있다니. 채소를 많이 먹으면 몸과 마음이 건강해진다는 지론의 츠지 히토나리. 자식을 향한 싱글대디의 애틋한 사랑이 레시피에 속속 배어 있다. 배달앱을 즐겨 찾는 싱글맘으로서 번역하는 동안 그저 부끄럽고 그저 존경스럽고 그저 감탄스러울 따름이었다.

– 권남희(번역가)

책장을 덮을 때쯤 알게 되었다. 이 책의 주제는 결국 '온기溫氣'라는 걸. 부모의 이혼으로 얼어붙은 아들의 마음을 데우기 위해 주방의 불을 끄지 않고 토마토 파스타를 만들던 아빠의 마음. 고통 속에서도 아들을 먹여야겠기에 굽고 찌고 볶으며 자그마한 행복을 긁어모아 미래를 꿈꿔 온 아빠는 이제 훌쩍 자라 고등학생이 된 아들에게 말한다. "힘들 땐 언제든 도망쳐 오렴. 주방은 절대 배신하지 않아." 독창성보다 기본을, 자유보다 일의 순서를, 긍정과 함께 부정도 소중히 여기라는 삶의 레시피를 요리법 속에 살짝 숨겨 놓은 아빠의 재치란! 냉정과 열정 사이에서 갈피 못 잡고 방황하던 내 마음도 소박하면서도 평범하지 않은 이 책을 읽는 동안 뭉근히 데워졌다.

– 곽아람(기자,《공부의 위로》저자)

아빠와 아들이 나누는 사랑과 추억, 미래의 약속. 식탁 위에서 이루어지는 찬란한 장면들이 한 권에 담겨 있다. 작가와 마찬가지로 나 또한 그것의 가치를 알기에 두 아들이 아주 어렸을 때부터 아무리 바빠도 부러 시간을 내 함께 식사를 하곤 했다. 아마 우린 요리를 통해 삶의 지속성을 어렴풋이 깨닫고 있을 것이다. 그것이 지구 저편의 낯선 것일지라도. 그의 위트 있는 표현과 탁월한 요리 선정에 찬사를 보내며 모든 이에게 전가의 오렌지 소금 같은 책이 되길 소망한다.

- 이종혁(배우)

이 책에 옮겨 담은 츠지 히토나리의 부엌은 잠시도 따듯함을 잃지 않는다. 저자는 자신이 좋아하는 요리를 통해 인생이 담고 있는 따듯한 위로를 사춘기의 아들에게 전해 준다. 그런 그의 요리 교실은 이 글을 읽는 다른 모든 이들에게도 김이 피어오르는 훌륭한 한 그릇의 격려가 되어 줄 것이다.

– 박준우(셰프)

한국 독자 여러분, 오랜만입니다.

"저는 일본 작가 츠지 히토나리입니다."

저는 아들과 둘이 파리에서 살고 있습니다. 싱글대디가 됐을 때, 열 살이었던 아들(프랑스 출생)이 이번 달에 파리의 대학에 합격했답니다. 날마다 삼시세끼 아이에게 밥을 해 준 애정의 향신료가 이 한 권에 가득 담겨 있습니다.

《냉정과 열정 사이》와《사랑 후에 오는 것들》의 작가로서가 아니라, 요리를 좋아하는 제가 이해하기 쉽게 풀어 쓴 프랑스 가정식 요리 입문편, 부디 가족을 위해 만들어봐 주세요.

한국에 갈 수 있는 날이 오기를 기다리며.

건강하세요.

2022년 7월

츠지 히토나리 @파리

아이는 나를 '파파'라고 부른다. 아이와 얘기할 때 나는 "파파는~"이라고 한다. 그런데 이 책 제목에서는 왜 '아빠'라고 썼을까(일본 원서 제목 《아빠의 요리 교실父ちゃんの料理教室》). 나는 트위터를 한다. 트위터에선 '파파'가 아니라 '아빠'라고 한다. 왜냐면 파파는 아이가 나를 부를 때 사용하는 우리만의 애칭이고, 트위터에서 아빠라고 할 때는 모든 사람에게 아빠 같은 마음으로 이야기하는 것이기 때문이다.

이 책은 지금까지 내가 직접 만든 음식의 요리법을 담고 있지만 단순한 요리책은 아니다. 초등학생 아이를 고등학생이 될 때까지 혼자 키운 아빠로서 음식을 먹는 것이 얼마나 중요한지, 얼마나 즐거운지를 이야기하는 인생 지침서이자 친절한 레시피 모음집이다.

우리 집 대표 요리들이 왜 이렇게 맛있는지 다양한 각도와 경험과 아이와의 대화를 통해 분석해 보았다. 단순한 레시피 공식으로는 결코 담아낼 수 없는 요리의 본질에 다가가는 과정이다. 그래서 단순한 레시피가 아니라, 마치 아빠가 요리를 가르쳐 주듯이 하나하나 친절하게 설명한 쉬운 요리책이다. 아울러 음식을 만들 때 빼놓을 수 없는 특급 비법과 타이밍, 요리에 깃든 의미까지 풍성하게 담았다.

그럼, 이제 다음 페이지로 가서 바로 요리를 시작해 보자!

츠지 히토나리

Contents

• 이 책에서 사용한 계량 단위는 1컵=200ml, 1큰술=15ml, 1작은술=5ml입니다.

• 오븐은 기종, 종류에 따라 가열 시간이 다르니 상태를 보면서 시간을 가감해 주세요.

힘들 땐 언제든
이곳으로 도망쳐 오렴.
있잖아,
주방은 절대
배신하지 않아.

토마토소스 오징어 알 아히요
Encornets à la tomate

사는 게
힘들 땐

- - - - - - - - - - - - - - - - - - -

주방으로
도망쳐

사는 게 왜 이렇게 힘들까, 생각할 때 있지? 너처럼 젊은 사람도 더 어린 사람도, 혹은 아빠보다 나이 많은 사람도 산다는 건 참 귀찮은 일의 연속이야.

내가 왜 요리하느냐 하면, 요리를 하고 있으면 나쁜 기억을 잊을 수 있기 때문이란다. 게다가 맛있는 음식이 완성되잖아. 완성됐을 땐 기쁘고 네가 먹는 모습을 보고 있으면 흐뭇하고 행복해져. 다시 말해 주방은 기분 나쁜 일을 피할 수 있는 최적의 장소인 거지.

나는 주방을 좋아한단다.

주방에 있으면 잔소리도 들리지 않고, 맛있는 음식을 만들겠다는 목적이 있으니까 기운도 나고 반듯해지거든. 우물쭈물하고 있을 시간도 없고……. 알고 있니? 여긴 주방이지만, 동시에 마음을 평온하게 만드는 데 최적의 장소이기도 하다는 거.

네게 요리를 가르치고 싶은 건 인생에 도피처 하나쯤은 만들어 주고 싶어서야.

힘들 땐 언제든 이곳으로 도망쳐 오렴. 있잖아, 주방은 절대 배신하지 않아.

나는 예전에 이유도 모른 채 사람들한테 모함을 당한 적이 있었단다. 아주 죽도록 당했지. 내 편은 적었고 난 어떻게든 널 키워야만 했어. 그때 날 구한 게 다름 아닌 주방이었던 거야. 쓸데없는 생각을 할 여유도 없고, 시간이 남아도는 그들에게 휘둘리지 않아도 됐으니까. 부모란 그런 거야. 부모는 자식에게 약한 소리를 할 수 없지.

싱글대디가 됐을 때 나는 매일 아침 쌀을 씻었어. 기억나니? 예전에 살던 아파트 주방에도 여기처럼 이런 창이 있었잖아. 나는 그렇게 매일 그 창으로 하늘을 올려다보면서 쌀을 씻었어. 부옇고 차가운 물 속에 손을 넣고 쌀을 박박 씻으면서 '지지 않을 거야.' 하고 나 스스로를 세뇌시켰지.

그러는 동안 '지지 않을 거야'는 점점 '맛있게 할 거야'로 바뀌었어. 아무리 추운 겨울의 캄캄한 아침에도 그렇게 작은 창으로 어두운 하늘을 올려다보며 쌀을 씻었단다. 그게 산다는 거야. 나는 산다는 걸 여기서 배웠어. 분함과 후회와 슬픔을 주방에서 털어 냈어.

그러던 어느 날 깨달았지. 주방은 나에게 심신을 단련하는 무도장 같은 곳이란 걸 말이야.

오늘은 내 단골 요리를 가르쳐 줄게. 너도 아주 좋아하는 '토마토소스 오징어 알 아히요'야. 밥이나 파스타를 곁들이면 좋은데 오늘은 굵은 탈리아텔레 파스타 면이 있으니까 이걸 곁들여도 괜찮겠지? 그럼 오늘은 파스타로 하자.

어제 시장의 생선 가게에서 산 오징어를 먼저 손질해 볼까. 자, 물을 틀어 놓고 오징어 몸통 속에 손가락을 넣어 봐. 꼬독꼬독한 연골이 있을 거야. 그걸 빼내. 재미있을 만큼 쓱 빠질걸. 내가 제일 좋아하는 순간이기도 하지. 다리를 떼고 내장도 빼내 줘. 다 빼지 못한 건 나중에 링 모양으로 썰 때 빼면 돼.
내장을 뺀 다음 안을 깨끗하게 씻고, 오징어 껍질을 손가락 끝으로 살살 긁어서 싹 벗겨. 잿빛 오징어가 새하얗게 되면 이게 또 얼마나 행복한 기분이 드는지 몰라. 껍질을 벗긴 몸통은 링 모양으로 썰어 줘.

다리는 눈 아래에서 내장과 분리하고 내장 쪽은 버릴 거야. 다리 아랫부분에 있는 입도 떼서 버리고, 빨판은 깨끗이 씻은 다음 먹기 좋은 크기로 썰어서 몸통과 함께 두면 돼.

드디어 본론으로 들어간다. 프라이팬에 올리브유를 5~8밀리미터 정도 높이로 올라오게 듬뿍 넣어. 프라이팬은 너무 크지 않은 게 좋아. 바닥에 올리브유 웅덩이를 만들어야 하거든.

우선 성기게 다진 마늘과 안초비를 넣고 약한 불에 튀기듯 구워서 기름에 마늘 향이 나게 할 거야. 안초비는 다지지 않아도 괜찮아. 재미있을 정도로 자연스럽게 녹거든. 마늘에 노릇한 색이 돌면 안초비가 녹기 시작하는데 시간이 좀 걸리는 것 같으면 긴 젓가락으로 안초비를 흔들어 줘. 어어, 하는 사이에 기름 속에서 낱낱이 흩어질 테니까.

어때? 향 좋지? 정말 미칠 것 같은 마늘과 안초비 향이지? '아히요ajillo'는 스페인어로 '다진 마늘'이라는 뜻인데, 남스페인에서는 작은 접시 요리에 이

이름을 붙인대. 네가 어릴 때 내가 주방에서 이 요리를 하고 있으면 꼭 다가와서 "으~음, 맛있는 냄새."라고 했었지.

요리사는 칭찬을 들으면 기분 좋아져. 요리사가 기분 좋으면 당연히 요리가 더 맛있어지고. 그러니까 사람은 칭찬하고, 칭찬받는 데 능숙해져야 해.

자, 이제 여기에 링 썰기를 한 오징어를 넣자. 이것만으로도 매우 맛있지만, 더 맛있게 하려면 화이트와인을 한 바퀴 둘러 주는 게 좋아. 센 불로 알코올을 날린 다음, 토마토 통조림을 뜯어서 토마토를 넣고 10분 정도 끓여 줘. 나무 주걱으로 토마토를 으깨면서.

다 끓었으면 토마토 페이스트, 간장, 소금, 후추, 타바스코 등을 취향대로 넣고 간을 맞추자. 마지막으로 바질 잎을 넣고, 파르미지아노 레지아노 치즈를 뿌리면 완성이란다.

아, 파스타 삶는 걸 잊었구나. 아하하, 그건 네가 해 주면 되겠다. 나는 창밖으로 하늘을 보고 있을 테니까 다 삶으면 말해 줘.

토마토소스 오징어 알 아히요
Encornets à la tomate

재료(2인분)

오징어	큰 것 2마리(400g)
올리브유	100ml
마늘	6~8쪽
안초비	2~3조각
토마토 통조림	400g
화이트와인	100ml
토마토 페이스트	1큰술
간장	1/2큰술
소금	한 꼬집
후추	적당량
타바스코	적당량
바질	1단
파르미지아노 레지아노 치즈	1~2큰술
현미 또는 백미 또는 파스타	적당량

닭고기와 버섯 크림소스
Poulet à la crème et aux champignons

너는
너만의 맛을

- - - - - - - - - - - - - - - - - -

만들어도
좋아

있지, 요리란 특별한 게 아니야. 요리를 잘하거나 못하거나 좋아하거나 싫어하는 건 아무 상관없어. 그건 둘째 문제고, 사람은 살기 위해 매일 요리를 하고 매일 먹어야 해. 네가 혼자 살거나, 혹은 사랑하는 사람과 살더라도 결국 매일 뭔가를 만들어서 먹어야만 할 거야.

사람은 무엇을 먹고 싶어 하는지, 무엇을 먹으려고 하는지가 중요해. 돈이 많아도 먹는 걸 소홀히 하는 사람은 풍요롭지 않거든. 정감 어린 요리란 게 있는데 그건 일상생활과 어떻게 마주하는가에 따라 결정돼.

이 시기에는 시장에 가면 어떤 채소가 나오고, 어떤 식재료가 나온다는 걸 아는 것만으로도 계절을 먹을 수 있어서 즐겁고 당연히 풍요로워지지.

난 되도록이면 네게 제철 음식을 먹이려고 노력해 왔어. 시장에 가서 신선한 재료를 직접 눈으로 보고 고르고, 가게 사람들과 이야기를 나누며 추천해 주는 재료들을 사 오곤 했지. 아무리 바빠도 그것만큼은 게을리하지 않았단다.

너는 16년간 생활 속에서 자연스럽게 그걸 학습해 온 거야. 가을에는 버섯이 맛있다는 걸 안다는 것, 그건 참 중요한 일이란다.

내가 시장 가는 걸 좋아하는 건 계절을 느낄 수 있기 때문이야. 혹은 지구를 느낄 수 있기 때문이지. 특히 채소 가게에 가면 제철 채소를 만날 수 있는데 춘하추동을 가장 확실히 알 수 있는 곳이 바로 채소 가게야. 겨울에는 순무, 봄에는 아스파라거스, 여름에는 토마토, 그리고 가을에는 버섯. 우리 동네 시장에는 가을이 되면 버섯만 파는 가게도 열어.

버섯도 여러 종류가 있단다. 겨울에 나오는 버섯도 있고, 트러플 버섯이나 포르치니 버섯 같은 고급 버섯도 있지.

이거 봐, 오늘은 버섯을 이렇게 많이 샀어. 이걸로 정말 간단하고 맛있는 닭고기와 버섯 크림소스를 만들어 보자.

먼저 닭고기는 먹기 좋은 크기로 썰어서 소금, 후추를 뿌려 놓아 줘. 그다음 프라이팬에 기름이나 버터를 두르고 중간 불에서 다진 양파를 볶아. 양파는 모든 요리의 기본이니까 정성껏 볶아 주렴. 양파가 투명해지면 여기에 닭고기를 넣어서 구울 거야.

이때는 먹을 때의 기쁨을 상상하면서 구워 봐. 얼마나 맛있을까 생각하면서 요리하면 인생 자체가 풍요로워진단다. 당연한 얘기지만, 이게 자연스러워지면 하루하루가 즐거워지지. 좋아하는 음악이라도 들으면서 요리하면 세상 행복하고. 정말 멋진 시간이란다.

양파가 노릇해지면 버섯과 밤을 더 넣고 같이 볶아. 그리고 화이트와인(또는 위스키)을 넣은 뒤 불을 세게 해서 알코올을 날리고, 물 50밀리리터와 치킨 부용을 넣고 닭고기를 익혀 줘.

술을 마시지 않는 너는 잘 모르겠지만 와인이나 위스키를 넣으면 음식 재료도 취해서 잠들기 전의 아빠처럼 밝아지거든. 그만큼 진짜 맛이 난다는 말이야. 웃는 얼굴, 진짜 소중해.

닭고기가 익으면 생크림을 넣고 약한 불에서 자글자글 조려 줘. 좀 느긋하게 상태를 보자고. 이런 시간이야말로 소중하고, 음식이 맛있어지는 사랑스러운 순간이기도 하니까.

일단 불을 끄고 뚜껑을 덮은 다음 15분 정도 있다가, 먹기 직전에 다시 데워서 소금과 후추로 간을 맞추면 완성이야.

앗, 깜빡했다. 소스를 걸쭉하게 하려면 옥수수전분(또는 녹말) 1큰술을 같은 양의 물에 녹여서 넣고 섞어 주렴. 걸쭉해지면 식감이 또 달라지거든.

밥에 끼얹어도 파스타에 끼얹어도 맛있지만, 오늘의 곁들임은 프랑스 전통 스타일로 해 볼 거야. 삶은 감자를 으깨서 만든 '에크라제 드 폼드테르écraser de pomme de terre'.

껍질을 벗겨서 적당한 크기로 썬 감자를 삶아. 감자 삶은 물을 버리고 감자를 다시 냄비에 넣은 뒤, 포크로 으깨 줘. 그다음에 버터를 넣고 약한 불에 올려 잘 섞다가 소금으로 간하면 완성이야. 간단하지?

감자 종류에 따라서는 퍽퍽할 수도 있는데 그럴 땐 생크림이나 우유를 조금 넣으면 부드러워진단다. 나는 생크림을 아주 좋아해서 꼭 넣거든. 그렇게 하면 풍미도 좋고 순하고 식감이 또 달라져.

하지만 이건 그냥 네 취향대로 하면 돼. 너는 네 가정의 맛을 만들어 가. 내 맛을 이어받는 것도 좋고, 네 맛을 네 가족에게 전하는 것도 좋아.

에크라제 드 폼드테르를 먼저 그릇에 담고, 그 주변에 다시 데운 닭고기와 버섯 크림소스를 뿌려 주면 대박, 엄청 맛있을 것 같지 않니! 자, 먹어 볼까!

닭고기와 버섯 크림소스

*Poulet à la crème
et aux champignons*

재료(2인분)

닭 다리살	300g
소금	적당량
후추	적당량
기름 또는 버터	1/2큰술
양파	1/2개
버섯	좋아하는 종류를 넣고 싶은 만큼
(이번에는 큰느타리버섯 2개, 만가닥버섯 1팩, 곰보버섯 10개 정도 사용)	
밤	10개 정도
화이트와인(또는 위스키)	1큰술
치킨 부용	1/2개
생크림	80ml

에크라제 드 폼드테르

감자	중간 크기 2개(300g)
버터	15g
소금	약간

크로크마담
Croque-madame

우리 의연하고
당당한

어른이
되자

프랑스에서는 남성을 '무슈'라고 부르잖아. 그래서 나도 길을 걸으면 사람들이 "무슈 츠지!" 하고 부른단다. (웃음)

사실 나는 '무슈'라고 부르는 거 좋더라. '무슈'라는 말 좀 귀엽잖냐. 넌 아직 무슈라고 불린 적 없지? 고등학생이니까 당연히 없겠지. 하지만 앞으로 듣게 될 거야.

프랑스 남자아이들은 무슈라는 말을 듣는 걸 동경한대. 마찬가지로 여자아이들도 하루 빨리 마담이 되고 싶어 하고.

일본에서는 모라토리엄의 유예 기간을 끝까지 이용해서 최대한 천천히 어른이 되고 싶어하는 젊은이들이 많았는데(일본을 떠난 지 20년이라 지금은 어떤지 모르겠다), 프랑스에는 얼른 자라서 어른 대우를 받고 싶어 하는 아이들이 많은 것 같아. 어떤 의미에서는 조숙한 거겠지.

내 지인인 일본인 S는 프랑스에서 산 지 20년이 넘었는데 좀처럼 무슈라는 말을 듣지 못했다고 투덜

거리더라. 자랑은 아니지만, 나는 처음부터 무슈라고 불렸어!

　　가끔 프랑스에서 차별받았다고 화내는 일본인 지인이 있는데, 이 나라에서는 차별받았다고 생각하는 순간부터 지는 거야. 차별 따위 당하지 않을 정도의 위엄이랄까, 의연한 태도가 중요해. 알잖아, 아빠를 보면 위엄 덩어리인 무슈 아니냐. 야, 왜 웃어. 여기 웃을 장면 아니거든!

　　무슈라고 불린다는 건 신사답게 행동하는 어른임을 인정받은 것이기도 해. 너도 모두에게 무슈라고 불리도록 노력하렴.

　　그러고 보니 요전에 철학자 아드리안 아저씨한테 "프랑스인은 세계에서 가장 특이한 것 같아요."라고 했다가, "무슈 츠지, 그건 아냐. 개성적이라고 해 줘. 우리는 개성을 존중할 뿐이야. 한 사람 한 사람에게 인격이 있고 개성이 있다는 걸 존중하는 거라고. 알다시피 자유라는 말은 프랑스에서 생겨났어. 당신들 일본인도 더욱 개성을 존중해야 해." 하고 되레 야

단을 맞았지.

　　10년쯤 전인가 생제르맹 카페에서 배우 카트린 드뇌브와 함께 차를 마셨는데, 일본이었다면 주변에서 꺅꺅 난리가 났을 거야.

　　그런데 주변에 있던 프랑스의 마담들은 "흠, 내가 더 예뻐." 하는 느낌으로 누구 한 사람 그를 돌아보지 않더라. 신기하지?

　　그렇게 다들 마치 콧대 높은 대배우가 된 것처럼 차를 마시더라고. 그런 걸 보면 프랑스 사람들 참 대단하다는 생각이 들어. '유명한 게 뭐? 나도 살아 있고, 나도 연애라면 많이 해 봤고, 내 인생도 자랑스러운걸. 연예인 좀 봤다고 호들갑 떨진 않을 거야.' 하는 좀 과하다 싶을 정도의 고집스러움이 있지. 마음속으로는 '앗, 카트린 드뇌브가 있어!' 하고 설렜을 거면서, 그렇지?

　　세상이 자신을 중심으로 돌고 있다고 생각하는, 어떤 의미에서 자신을 소중히 해 온 삶의 방식, 나도 더 배우고 싶어. 응? 이미 충분하다고?

오늘은 프랑스 신사 숙녀들이 옛날부터 특히 사랑해 온 핫치즈토스트, '크로크무슈'를 만들어 보기로 하자. 크로크무슈는 1910년에 파리 오페라 극장 근처 카페에서 시작된 음식이야.

하지만 평범한 크로크무슈는 재미없으니까 말이야, 위에 달걀프라이를 올린 '크로크마담'으로 해 보자.

먼저 오븐(그릴)을 200도로 예열해 줘.

작은 프라이팬을 불 위에 올리고 버터를 녹인 다음 밀가루를 털어 넣고 끓이는 거야. 이때는 부글부글할 때까지 나무 주걱으로 잘 저어야 해. 우유를 네 번에 걸쳐 조금씩 나누어 넣고 약한 중간 불에서 뭉치지 않도록 적절하게 잘 섞어 줘. 그러면 걸쭉한 베샤멜소스가 완성되지.

식빵에 햄과 베샤멜소스를 올린 다음 식빵을 한 장 올려. 또 그 위에 녹는 치즈를 올리고 오븐에 넣어서 10분 정도 구울 거야. 치즈가 노릇한 색이 되면 완성.

여기에 달걀프라이를 올리면 크로크마담이 된단다. 간단하지.

크로크마담
Croque-madame

재료(2인분)

버터	15g
밀가루	15g
우유	150ml
식빵(8등분짜리)	4장
햄	적당량
녹는 치즈	적당량
달걀	2개
소금	적당량
후추	적당량

라몬 아저씨의 스페니시 오믈렛
Omelette espagnole de l'oncle Ramon

간단하지만

- - - - - - - - - - - - - - - -

강렬하게

요리를 시작하기 전에 지리 공부부터 해 볼까. 지브롤터 해협은 어디에 있을까? 맞아, 정답! 좀 더 정확히 말하면 이베리아반도 스페인령, 그리고 영국령인 지브롤터, 그리고 남쪽으로는 모로코까지 총 세 개 나라와 지역으로 둘러싸인 좁은 해협이 바로 지브롤터야.

고대부터 군사적으로도 해상교통로로서도 아주 중요한 장소였지. 정말 멋진 곳이야. 그 해협 북쪽으로 펼쳐진 곳이 내가 아주 좋아하는 안달루시아주인데, 여긴 플라멩코나 스페인 민속 음악 등으로 유명해. 그곳의 주도州都가 세비야란다.

사실 내가 하는 음악은 스페인 영향을 많이 받았어. 최근에는 특히 스페니시 기타 주법을 쓰고 있는데 세비야를 여행했던 영향이 커.

그때 나는 우연히 들른 라몬 아저씨의 레스토랑에서 그야말로 이 정열적인 태양의 거리를 체현한 듯한 요리를 만나고 말았단다.

스페니시 기타의 역동적인 소리에 이끌려서 도착한 광장 한구석의 골목에서 아마추어인 듯한 플라

멩코 댄서가 웃는 얼굴로 춤을 추면서 손짓하는 거야. 그 손짓에 이끌리듯이…… 나 요염한 여자를 좋아하거든, 아하하. 그렇게 가게에 들어갔더니 천장에 생햄인 돼지 다리가 매달려 있더라고. '하몽 이베리코'라고 하는데, 그게 줄줄이 매달려 있고 아래에서 남자들이 선 채로 셰리주를 한 손에 들고 무언가를 먹고 있었어.

맞아, 그들이 맛있게 먹고 있던 게 바로 내 주특기인 '라몬 아저씨의 스페니시 오믈렛'이야.

그저 오믈렛일 뿐인데, 그 맛이 진짜 장난이 아닌 거야! 이걸 어떻게 해서든 네게 전수하고 싶었던 건 언제 어디서나 먹고 싶을 때 척척 만들 수 있고, 돈도 들지 않고, 시간도 들지 않고, 정말 간단하고 편리한 요리라서였어. 살짝 출출할 때 간식도 되고, 어른이 됐을 땐 맥주나 와인 안주에도 딱이니까. 이 레시피는 정말 꼭 알아 두는 게 좋을 거야.

먼저 껍질을 벗긴 감자를 두께 1센티미터 정도

로 원형 썰기 해줘. 취향에 따라 5밀리미터 정도로 해도 좋아. 나는 소식을 하니까 얇게 썰지만, 너는 한창 자랄 나이니까 좀 두툼해도 괜찮을 거야.

썬 감자는 작은 냄비에 삶아 줘. 꼬치로 찔렀을 때 쑥 들어가면 다 익은 거란다. 꺼내서 물기를 빼고 접시에 나란히 늘어놔. 접시에 깔듯 늘어놓은 다음 그 위에 다진 파를 뿌려 둬.

이번에는 프라이팬에 올리브유를 넉넉하게 두를 거야. 달걀을 튀기듯이 구울 거니까, 그래, 5밀리미터 정도 높이면 좋겠다. 달걀을 서너 개 깨서 처음엔 센 불에서 바닥이 바삭바삭해지도록 구워.

뒤집으면 안 된다. 아래에서 올라오는 열로 표면의 흰자가 하얗게 되기 시작하면, 완전히 하얗게 되기 전에 불을 꺼야 해. 물론 노른자는 익지 않은 날것인 상태에서 프라이팬을 들어 올리고, 아까 그 감자 위로 달걀을 미끄러뜨리듯 올려 주는 거야.

남은 기름을 끼얹어 주는 것도 잊지 마. 이 기름

이 최고로 맛있거든! 여기에 파프리카가루를 듬뿍 뿌린 다음 프랑스 천일염(플뢰르 드 셀)으로 간을 하고, 후추로 맛을 더하면 완성이야.

　　요리라고 할 수 없을 만큼 간단하지만 이거 정말 맛있어. 이 소금 간과 파프리카가루와 달걀노른자, 은근하게 태운 흰자의 바삭바삭함, 그리고 부드러운 감자의 하모니는 정말 흠잡을 데가 없지. 스페인 사람들은 간단하게 만들어서 즐기는 데 천재야.

　　이걸 입안 가득 넣고 셰리주를 마시고 취해서 치는 스페니시 기타가 진짜 최고지!

라몬 아저씨의 스페니시 오믈렛

Omelette espagnole
de l'oncle Ramon

재료(2인분)

감자	작은 것 2개
파	1/2대
올리브유	적당량(넉넉히)
달걀	3~4개(원하는 만큼)
파프리카가루	적당량
천일염(플뢰르 드 셀)	적당량
후추	적당량

*   플뢰르 드 셀은 미네랄을 많이 포함한 굵은 천일염으로, 풍미가 깊어 한 번 뿌리기만 해도 재료의 맛을 쑥 끌어올린다.

소고기 탈리아타

Tagliata de boeuf

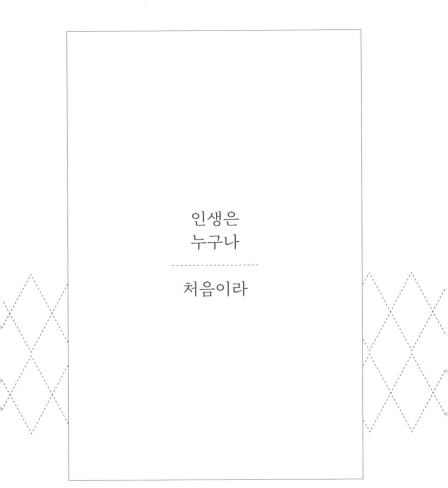

인생은
누구나

처음이라

오늘은 일생에 관한 얘기야. 여기서 일생이란 네가 태어나서 죽을 때까지의 시간을 말하는 거지.

일생은 이 세상에 사는 사람의 수만큼 있어. 아빠의 일생도 있고, 윌리엄의 일생도 있고, 리사나 로베르트의 일생도, 물론 너의 일생도 있지. 일생은 모든 생물에게 주어져.

하지만 이 일생이라는 게 간단하지가 않아. 즐거운 일도 많지만 기본적으로는 골치가 아프거든. 좀처럼 생각한 대로 살 수가 없달까. 특히 사람은 많은 후회를 짊어지고 살아가는 법……. 그게 사람이란 거야.

사람이 일생을 살기 시작할 때는 누구나 초보자야. 그리고 살아가면서 자기 일생을 컨트롤해야 하지. 그런데 말이야, 실패와 실수 덕분에 사람은 자기 인생의 궤도를 수정할 수 있는 거야.

처음부터 일생을 잘 컨트롤하는 사람은 없어. 큰 실수 뒤에 비로소 작은 성공을 손에 넣게 되지. 그리고 실패를 거듭하는 동안 서서히 실패하지 않게 돼가는 거고. 이걸 '경험'이라고 하는데 인생은 경험을 통해 조금씩 늠름해지는 법이야.

　　여기서는 조용히 넘어가자, 여기서는 나서 보자, 이건 조심하는 편이 좋겠다 등등을 알게 되는 거지. 경험은 좋은 선생이야. 사람은 그렇게 일생을 여행하는 거란다.

　　때로는 모험해 보는 게 좋아. 실패를 각오하고서라도.

　　때로는 긴 휴가를 받는 게 좋지. 인생을 되돌아보고 정비하기 위해서.

　　최근에 나는 잠시 내 지난 생을 되돌아봤어. 그리고 정말 행복한 때가 있었다는 걸 깨달았지. 그때는 그게 행복이란 걸 알지 못했던 게 너무 안타깝더라.

　　지금, 이 순간, 자기가 행복하다고 깨달을 줄 아는 사람이 행복한 사람일 거야. 반대로 옆에서 보면 아주 행복해 보이는데 그 행복을 소홀히 하는 불행한 사람도 있어. 난 행복을 깨닫지 못하는 사람이 불행한 사람이라고 생각해.

그래서 네게 말해 주고 싶은 거야. 현재를 소중히 여기라고. 간단하잖아? 현재를 소중히 살아가기만 하면 일생은 너의 아군이 되어 줄 거야.

난 후회는 있더라도 미워하거나 원망하지 않는, 최종적으로는 평온한 일생을 살다 마치고 싶다고 항상 나 자신에게 말하고 있어. 사람은 매일 잊고, 또 매일 기억하니까. 언젠가 찾아올 마지막 날까지 난 자신에게 거짓말하지 않고 스스로에게 정직하게, 내 일생에 푹 빠져서 살아갈 거야.

자, 슬슬 배고프지? 오늘은 먹으면 건강해지는 스테이크를 만들어 보자. 너도 무척 좋아하는 이탈리안 스테이크, 탈리아타야.

오늘은 프라이팬을 사용하지 않고 그릴 팬으로 만들 거란다. 고기에 그물 모양의 구운 자국이 나는 그릴 팬으로 구우면 최고로 맛있는 스테이크가 되거든.

우선 그릴 팬을 센 불에 올려서 표면에서 살짝 연기가 올라올 정도로 달궈야 해. 이게 제일 중요하니까 이것만큼은 꼭 지켜 줘. 그릴 팬이 달아오를 때까지 주의하면서 계속 센 불을 유지해. 좀 있으면 연기가 스멀스멀 피어오르는데 이때가 바로 딱 좋은 타이밍이지.

이런 요리를 할 때는 절대 방심하면 안 돼. 센 불에서 굽기 때문에 위험하거든. 그러니까 꼭 정신 차리고 지켜보면서 신중하게 불 조절을 하렴.

소고기는 두께 3~4센티미터 정도 되는 게 좋아. 굽기 30분에서 1시간 정도 전에 냉장고에서 꺼내 상온에 두고, 양면에 골고루 소금과 후추를 뿌려 줘.

기름은 두르지 말고 그릴 팬에 고기를 올려서 한쪽 면부터 색이 날 때까지 바싹 구워. 이거 역동적인 요리야. 노릇한 색이 나면 고기 각도를 바꿔서 그물 모양으로 구운 자국이 생기도록 굽고. 3~4분 정도 구웠으면 다른 면을 똑같이 구워서 전체적으로 골고루 색을 입히는 거야.

고기가 구워진 상태를 확인하는 방법이 하나 있어. 일일이 잘라서 잘 익었는지 확인할 수 없는 셰프들이 쓰는 방법이지.

먼저 엄지와 검지를 가볍게 모아서 OK 사인을 만들어 봐. 부처님 손 같은 느낌으로. 그래서 손바닥으로 이어지는 엄지 아래 살을 반대 손가락으로 눌러서 탄력을 확인하는 거야. 그리고 그 손가락으로 이번에는 그릴 팬의 고기 한가운데를 눌러 봐. 엄지 아랫부분과 고기의 탄력이 같으면 적당히 잘 구워졌다고 생각하면 돼.

탄력이 같아졌다면 불을 끄자. 그리고 고기를 알루미늄 포일로 싸서 15~20분 정도 쉬게 해 줘. 그다음 먹기 직전에 얇게 써는 거지. 이렇게 얇게 썬 걸 이탈리아어로 '탈리아타tagliata'라고 해. 이탈리아에서는 꽤 두껍게 썬 게 나오기도 하는데 그래도 탈리아타라고 하더라. 뭐, 그냥 먹기 좋은 크기 정도로 얇게 썰면 되는 거야. 그리고 나서 좋아하는 소스를 뿌리면 돼.

이 요리의 본고장인 이탈리아에서는 루콜라와 파르메산 치즈를 뿌려서 소금이랑 레몬과 함께 먹는 경우가 많아. 그런데 난 괜한 건 사용하지 않지. 프랑스 천일염만으로 먹는 게 좋거든. 이게 정말 엄청나게 맛있으니까!

소고기 탈리아타

Tagliata de boeuf

재료(2인분)

소고기(등심, 살치살, 토시살 등)	500g
소금	적당량
후추	적당량

*   취향대로 루콜라, 파르메산 치즈, 올리
            브유, 레몬을 곁들일 수 있다.

감자와 베이컨 타르티플레트
Tartiflette

너의
웃는 얼굴이

- - - - - - - - - - - - - -

보고
싶어서

나는 사람은 크게 두 종류가 있다고 생각해. 요리하는 사람과 요리하지 않는 사람. 요리하는 사람이 훌륭한 사람이라는 이야기는 아냐. 어쩌다 보니 그런 식으로 나눈 거지.

그리고 있지, 요리하는 사람은 또 자기를 위해 요리하는 사람과 누군가를 위해 요리하는 사람으로 나뉜다. 난 그래. 나는 누군가를 위해 요리하는 걸 아주 좋아하는 사람이지.

나는 옛날부터 요리해서 누군가를 기쁘게 해주는 걸 좋아했어. 그 마음은 대체로 가족에게 향했고. 이제 와 생각해 보면 내 어머니가 그런 분이어서 그분을 본받아 요리를 좋아하게 된 게 아닐까 싶어.

네가 처음으로 내게 배우고 싶다고 했던 것도 음악이나 일본어가 아니라 요리였잖아. 왜였을까?

아마 마음 어딘가에, 내가 직접 맛있는 요리를 만들고 싶다, 언젠가 누군가에게 그걸 먹이고 싶다, 그리고 그 사람의 웃는 얼굴을 보고 싶다, 그런 마음이 있어서가 아니었을까?

그걸로 됐어. 요리는 맛있는 걸 만들어 내는 마법 같은 거야. 언젠가 분명 네가 네 여자친구나 혹은 너만의 가족에게 요리를 해 줄 날이 틀림없이 올 테니까 네게 그 마법을 전수해 줄게. 사람들에게 웃는 얼굴을 선물하는 요리라는 이름의 마법을 말이야.

오늘은 프랑스 가정식, 타르티플레트를 만들어 보자.

먼저 양파를 가늘게 채 썰어 줘. 거듭 말하지만 양파는 모든 요리의 기본 중 기본이야. 그래서 요리사들이 요리를 배울 때 꼭 양파 까는 일부터 시작하지.

양파는 로마 시대보다 더 옛날부터 사람의 위胃와 친구였다. 양파를 요리에 사용하지 않는 나라가 없을 정도로 이 채소라면 다들 사족을 못 쓴단다. 볶으면 향기로워지고 단맛도 나고 모든 음식 재료와 사이가 좋아서 재료와 재료를 이어 주는 마법의 채소라고 할 수 있으니까.

먼저 양파 뿌리 부분을 5밀리미터 정도 잘라

줘. 마찬가지로 이번에는 반대편 머리 부분을 5밀리미터 정도 식칼로 썰어 주는데 이쪽은 완전히 잘라내면 안 돼. 약 1센티미터 폭의 얇은 껍질 한 장을 남겨줘. 그리고 갈색 껍질을 뿌리를 향해 잡아당겨서 세로 1센티미터 폭으로 벗기는 거야. 그럼 이번엔 그곳에서부터 좌우 어느 쪽이든 좋으니까 한 바퀴 돌려 가며 벗겨. 그럼 껍질이 전부 벗겨질 거야. 이건, 옛날에 아빠의 아빠한테 배운 방법이야.

그다음 잘게 썬 베이컨을 프라이팬에 볶아. 기름을 살짝 넣어도 좋으려나. 거기에 가늘게 썬 양파를 넣고 볶으면서 중간 불로 뭉근히 익혀 줘.

있잖아, 양파는 부드럽게 익히는 게 요령이야. 시간이 좀 걸리지만 흐물흐물해져서 약간 캐러멜색이 될 정도가 맛있어. 타지 않게 나무 주걱으로 잘 섞으면서 볶아. 소금, 후추 넣는 것도 잊지 말고. 인생도 요리도 기본을 지켜야 해. 그게 맛있게 만드는 비결이니까.

이것 봐, 향이 좋지? 색도 곱지? 그럼 여기에 화

이트와인을 넣고 주걱으로 눌어붙은 부분을 긁어내면서 섞어. 이 눌어붙은 부분이 진짜 맛있는 거니까 남김없이 박박 긁어야 한다.

양파를 볶으면서 동시에 감자를 삶아 두자. 감자는 껍질을 벗겨서 먹기 좋은 크기로 썬 다음 물에 넣고 삶아. 꼬치로 찔렀을 때 쑥 들어가면 다 삶아진 거야. 약 15분 정도 걸리려나. 요리할 때는 이것저것 타이밍을 맞춰서 처리하면 시간을 절약할 수 있어. 이걸 염두에 두고 요리하는 게 좋지. 이런 생각을 하다 보면 두뇌 체조도 된단다.

맞아, 오븐도 미리 데워 둬야지. 이건 오븐 요리의 철칙이야. 200도로 예열해 두자.

다 삶아진 감자는 오븐용 접시에 나란히 늘어놓고 그 위에 조금 전에 볶은 베이컨과 양파를 올린 다음 주걱으로 섞어 봐. 서로 엉키는 느낌으로. 거기에 치즈를 올릴 거야. 오늘은 카망베르 치즈 하나를 전부 다 사용할 건데, 원래 타르티플레트는 르블로숑 치즈를 사용하긴 해. 오븐용 접시가 타원형이니까 카망베르 치즈도 원형 그대로 세로로 잘라서 위에 그냥 툭툭 올리자. 치즈는 피자 치즈든 라클렛 치즈든 뭐든 좋아.

이대로 오븐에 넣고 나면 이제 완성되기만 기다리면 돼. 다 익힌 재료들이니까 위에 올린 치즈가 녹고 표면에 노릇한 색이 돌면서, 자글자글해지기만 하면 완성이지. 아마도 한 15분에서 20분 정도. 어때? 간단하지?

감자와 베이컨 타르티플레트

Tartiflette

재료(2인분)

양파	큰 것 1개
베이컨	100g
소금	약간
후추	약간
화이트와인	50ml
감자	중간 크기 2개(250g)
카망베르 치즈	1~2개

닭 다리살 토마토조림
Cuisse de poulet à la tomate

세상에
그냥 버려지는 게

없으면
좋겠어

나는 물건 버리는 게 진짜 싫어. 냉장고에서 잊힌 채 사라지는 것들을 보면 정말이지 불쌍해서 미치겠어. 필요할 때만 소중히 여겼다가 남으면 그대로 방치해 버리고, 문득 생각났을 땐 이미 늦지. 곰팡이가 났거나 고유의 향이 날아갔거나 유통기한이 지나 있기도 하고……. 어떻게 생각해? 이건 지구 환경에도 용서할 수 없는 일 아니니? 왜 웃는 거야. 응? 내가 산 것들뿐이라고?

이렇게나 많이 사는 바람에 잔뜩 남아 버린 식재료들을 어떻게 살려 내야 할지 나도 날마다 고민하고 있어. 요리를 사랑하는 사람은 음식을 소홀히 대하지 않는 사람이기도 하니까.

일본인은 식사하기 전에 "이타다키마스('잘 먹겠습니다'라고 할 때 쓰는 말이지만, '잘 받겠습니다' 하는 뜻이기도 하다—옮긴이)." 하잖아. 그건 "생명을 받겠습니다."라는 감사의 말이기도 해. 채소건 생선이건 물론 고기건 되도록 남김없이 먹어야 한단다. 그래서 나는 남은 채소는 전부 끓여. 그러고도 남은 채소는 채소절

임이나 후리카케(건조시켜서 밥에 뿌려 먹는 조미 가루―
옮긴이)를 만들지.

　　이를테면 당근 잎 있지? 사람들은 잘 먹지 않지
만 나는 그걸로 후리카케를 만들어. 다진 당근 잎을 참
기름에 볶아서 미림과 술과 간장으로 간을 한 다음 마
지막에 깨를 듬뿍 뿌리면 끝이거든. 네가 늘 맛있게 먹
는 그 후리카케, 그게 말이 가장 좋아하는 당근 잎으로
만든 거야. 왜 그런 얼굴을 하는 거지? (웃음)

　　우리 냉장고에서 꽤 잦은 빈도로 유감스러운
말로를 걷는 음식 재료가 있어. 바로 케이퍼와 올리브
야. 왜냐고? 케이퍼는 보통 훈제연어를 먹을 때 사용
하는데, 그것 외에는 응용할 데가 없더라고. 올리브는
내가 진짜 좋아하지만, 너무 많이 사는 바람에 오래된
게 점점 냉장고 구석으로 들어가서 못 쓰게 되는 식재
료 중 일등이지.

　　그래서 나는 그동안 이 두 가지 재료를 사용한
요리를 이것저것 개발해 봤어. 남은 식재료로 돈을 내
서라도 먹고 싶어지는 요리를 만들겠다는 목표로 말
이야. 멋지지? 케이퍼와 올리브 콤비라면 파스타에도

어울리고, 지중해풍 생선 요리에도 어울리지만, 가장 맛있는 건 닭 다리살 조림이었어. 그러니까 오늘은 이걸 만들어 보자.

먼저 닭 다리살을 큼직하게 썰어서 소금과 후추로 밑간을 해. 마늘은 다져 두고. 다지는 법은 밑동을 잘라 낸 마늘에 식칼 칼등을 올리고 체중을 싣듯이 누르면 돼. 양파도 잘게 썰어 줘.

그러고 나서 프라이팬에 올리브유를 두르고 중간 불에서 닭 다리살을 굽는 거야. 이때는 껍질 쪽이 아래로 가게 프라이팬에 올려서 껍질이 바삭해지도록 구워야 해.

껍질이 노릇하게 갈색이 되면 뒤집어서 마늘, 홍고추(씨를 뺀 상태), 잘게 썬 양파를 넣고 불을 약간 낮춰. 여기서는 닭을 익힌다기보다 채소를 익히는 느낌으로.

화이트와인을 넣고 프라이팬에 눌어붙은 걸 나무 주걱으로 긁어 낸 뒤에, 케이퍼, 올리브, 통조림 토마토, 치킨 부용을 넣은 다음 뚜껑을 닫고 끓이면 돼.

이따금씩 뚜껑을 열어 보면서 토마토를 으깨 주면 좋겠지.

보글거릴 정도의 불 세기로 20분 정도 끓인 다음, 뚜껑을 열고 수분을 조금 날려 줘. 걸쭉해지면 마지막으로 생크림을 넣고 휘릭 섞는다. 케이퍼와 올리브에서 짭짤한 맛이 나니까 먼저 간을 보고 필요한 경우에만 소금을 좀 더 넣고, 후추로 맛을 정리하면 돼.

파스타 면(라자냐나 페투치니 등의 넓은 면이 어울린다)을 삶아서 올리브유로 버무려 접시에 담은 다음, 조린 닭과 소스를 뿌리고 그 위에 파르메산 치즈까지 듬뿍 뿌리면 완성이야.

닭 다리살 토마토조림

Cuisse de poulet
à la tomate

재료(2인분)

닭 다리살	300g
소금	적당량
후추	적당량
마늘	1쪽
양파	중간 크기 1/2개
올리브유	적당량
홍고추	1/2개
화이트와인	30ml
케이퍼	1/2큰술
올리브	4개
토마토 통조림	300g
치킨 부용	1/2개
생크림	1큰술
파르메산 치즈	적당량
좋아하는 파스타 면	180g

치킨 피카타
Piccata de poulet

도전하고
실패해도

- -

또
도전하면서

요리라는 게 레시피대로 만드는 것도 정말 중요한데, 조금만 더 연구하면 지금까지 먹던 것과 전혀 다른 세상의 음식으로 바뀔 때가 있어. 나는 실험도 창작도 좋아해서 사실 내 요리는 정통 그대로라기보다 원조를 살짝 변형한 게 많아.

이를테면 일식 요소를 더하기도 하고, 일식 요리에 양식 간을 하기도 하고, 요리를 이렇게 저렇게 갖고 놀지. 그렇게 갖고 놀면서 지금까지 먹어 본 적 없는 재미있는 요리를 만들곤 했던 거야. 물론 실패할 때도 있었어. 하지만 실패는 성공의 어머니라고 하잖아. 아마 세상에 있는 레시피들도 다 그런 과정을 거쳐서 태어났을 거야.

이 레시피도 내가 치킨난반(튀긴 닭고기를 간장소스에 적신 다음 타르타르소스를 뿌려 먹는 일본 요리—편집자)을 좋아하고, 포크 피카타(다진 돼지고기에 달걀물을 입혀 기름에 구운 이탈리아 요리—편집자)도 좋아해서 이 두 가지를 조합하면 어떨까, 하고 만들어 본 건데 역시 맛있더라고. 포크 피카타의 돼지고기를 닭고기로 바꾸고 치킨난반처럼 타르타르소스를 뿌리는 거야. 그리 의외의 조합이라는 느낌까지는 들지 않을지 모르지만, "이런 방법도 있구나!" 하는 요리에는 들어갈 수 있지 않을까.

애초에 치킨난반은 타츠타아게(간장으로 밑간을 한 닭 튀김—편집자)를 단식초에 재웠다가 타르타르소스를 뿌려서 먹어 보니 맛있어서 시작됐을 거야. 타츠타아게와 피카타는 왠지 통하는 느낌이 있네, 하는 게 힌트가 돼서 이 요리가 탄생한 셈이지.

새로운 요리가 생겨난다는 건 그런 거야. 이를테면 갑자기 함박스테이크가 생기는 건 아냐. 이런저런 역사적 교류가 있고, 문화와 국경을 넘어 비슷한 사람들끼리 융합해 가던 중에 마침내 함박스테이크에 도달하게 되는 거지. 그러니까 치킨난반풍 치킨 피카타가 있는 것도 전혀 이상할 게 없는 거야.

참고로 타츠타아게는 가라아게(튀김옷 없이 튀긴 것)에서 힌트를 얻은 거겠지만, 가라아게를 왜 가라아게라고 하는지에 관해서는 여러 설이 있어. 가장 신

빙성 있는 건 가라아게는 '가라空아게'가 어원이라는 거야. 밑간을 하지 않고 그대로 튀겨서 '가라아게'가 아닐까? 하는 설이지.

하지만 이게 중국 요리인 자즈지炸子鷄를 닮기도 했거든. 자즈지는 밑간한 고기에 달걀과 전분을 묻혀서 튀기는 건데, 더 간단히 튀겨도 맛있다는 사실에 기인해서 일본에서 '가라唐(중국을 가리키는 접두어—옮긴이)아게'로 진화한 게 아닐까, 하고 한번 상상해 봤어.

타츠타아게도 여러 설이 있는데, 단풍으로 유명한 나라현의 타츠타가와강에서 온 것이라는 설(타츠타아게는 은은한 색이 나서)과, 전쟁 중에 군함 '타츠타'에서 나온 가라아게가 밀가루가 아닌 녹말가루를 사용했는데 이게 맛있다고 소문이 나서 '타츠타아게'가 됐다는 설도 있지. 유래야 어찌 됐건 여기서 중요한 건 사람에게는 역사가 있고, 요리에는 유래가 있다는 거 아니겠니?

어쨌든 나는 그렇게 포크 피카타의 돼지고기

를 닭고기로 바꾸고, 그걸 치킨난반처럼 타르타르소스와 함께 먹으면 맛이 없을 수가 없겠다는 아이디어가 번쩍인 거야. 이 요리가 우리 집에 정착하게 된 건 성장기인 너의 위에 딱 맞아떨어지기도 했고, 닭고기는 몸에 좋고 상대적으로 저렴해 가계에도 착한 재료이기 때문이지. 타르타르소스를 뿌리면 세련된 맛도 나고.

자, 만들어 볼까. 먼저 타르타르소스부터 준비할 거야. 달걀을 완숙으로 삶아 줘. 볼에 이 삶은 달걀과 함께 타르타르소스의 나머지 재료들을 넣고 포크로 달걀을 으깨면서 버무리면 돼.

닭 가슴살은 두께가 있으니까 익기 쉽도록 포를 뜨듯 저밀 거야. 닭 가슴살 중앙에 세로로 칼집을 반쯤 넣고, 칼을 눕혀서 반으로 저며 줘. 위아래를 뒤집어서 반대편도 마찬가지로 포를 뜨듯 저미면 돼.

그렇게 얇게 포를 뜬 닭고기를 활짝 펼쳐서 소금과 후추로 밑간을 해. 다음은 튀김옷 재료를 볼에 넣고 잘 섞은 다음 닭고기에 골고루 묻히면 준비 끝.

튀김옷을 만들 때는 달걀, 밀가루, 녹말가루의 비율이 중요하단다. 탄산소다가 있으면 넣어도 좋아. 페리에도 괜찮아. 튀김옷에 탄산을 조금 넣으면 바삭하게 튀겨지거든. 잘 섞었으면 10분간 재워 두렴.

프라이팬에 샐러드유를 5~10밀리미터 정도 높이로 둘러서 달군 다음, 재워 뒀던 고기를 꺼내 양면을 잘 굽듯 튀기면 완성이야. 기름이 튈 땐 뚜껑을 덮어 주고. 자, 이제 타르타르소스를 뿌려서 먹어 보자. 보나페티Bon appétit(프랑스어로 '맛있게 드세요'라는 뜻—옮긴이)!

치킨 피카타

Piccata de poulet

재료(2인분)

닭 가슴살	300g
소금	적당량
후추	적당량
샐러드유	적당량

튀김옷

달걀	1개
밀가루	1과 1/2큰술
녹말가루	1과 1/2큰술
탄산소다(있을 경우)	1/2큰술
파프리카가루	2작은술
커민가루	2작은술

타르타르소스

달걀	1개
마요네즈	3~4큰술(달걀과 같은 비율)
자색 양파(있을 경우)	1/6개
파슬리	적당량
유자후추	약간
간장	1/4작은술
올리브유	1큰술

중화풍 생선찜
Poisson vapeur à la chinoise

다양한
세계를

만난다는
것

파리는 말이야, 전 세계의 식문화가 교차하는 음식의 도시잖아. 그래서 내로라하는 세계 각국의 대표 요리가 즐비하지. 이 도시에서는 어지간하면 전 세계 음식의 재료를 구할 수 있고, 그 나라를 대표하는 요리를 먹을 수도 있어.

뿐만 아니라 아프리카나 동유럽, 아랍권, 남미, 러시아, 중동, 그리고 아시아 요리들이 이 땅으로 건너와서 이곳에 뿌리를 내리고, 이 도시에서 프랑스풍으로 각색되고, 여기에서 다시 세계에 소개된 요리도 많단다.

그중 우리 집에서 자주 만드는 건 북아프리카의 쿠스쿠스couscous, 미국 남부의 검보gumbo, 우크라이나의 보르시borscht, 북아일랜드의 피시 앤드 칩스 fish and chips, 헝가리의 굴라시gulash, 페루의 세비체 ceviche 등등 일일이 나열하면 끝이 없을 거야.

우리 집은 주로 프랑스식이나 일식이 나오는 비율이 높지만, 종종 온갖 세계 요리가 식탁에 올라오기도 하잖아? 그건 가능한 한 세계 각지의 맛을 네게 알려 주고 싶어서야. 그래서 각국 요리를 네가 잘 먹을 수 있도록 일식으로 살짝 각색해서 계속 식탁에 올렸지. 너는 아무 데도 가지 않고 우리 집 식탁에서 세계를 먹어 온 거야. 그거 정말 멋지지 않아? 아마 넌 전혀 몰랐겠지만. (웃음)

예를 들자면, 중화풍 생선찜 요리도 그래. 내가 다니는 단골 중화 레스토랑의 도미찜에 연구를 살짝 더해서 내 나름의 일식 중화 요리로 바꿔 만든 거거든.
생선을 그리 좋아하지 않던 네가 중학교에 올라갔을 무렵부터 생선만 먹게 된 건 이 요리 덕분이라고 할 수 있잖아? 쪄서 먹으니까 비린내가 사라지고 맛은 부드러워서 위에도 부담이 없고, 먹기 쉬워진 거지.
게다가 일식 중화 소스가 생선 본래의 풍미를 이끌어 냈어. 덕분에 너 한때는 매일 내게 생선찜 먹고 싶다고 졸랐잖아. 지금도 일주일에 한 번은 식탁에 등장해서 빠른 회전율을 기록하고 있는 메뉴이기도 하고.

중화풍 생선찜을 만들 때는 물론 도미도 좋지만, 흰살생선이면 뭐든 맛있어. 농어나 대구도 좋아. 생선은 가리지 않아.

내륙 지역인 파리는 생선이 일본보다 몇 배나 비싸서 나는 가끔 냉동 생선도 사용한단다. 일본에도 진출한 냉동식품 전문점인 피카르Picard의 냉동 생선은 아주 저렴하면서도 비린내가 없어서 활어에 뒤지지 않는 퀄리티를 자랑하거든. 응? 몰랐다고? 그렇겠지.

다만 냉동 생선은 덜 익은 상태로 먹으면 안 되니까 잘 익혀야 해. 활어를 사용할 때는 미디움 레어도 괜찮겠지만 말이야.

이번에는 사치스럽게 시장에서 회로도 먹을 수 있을 만큼 신선한 도미를 구했어. 이 요리를 네게 전수할 거야. 응? 왜 뜬금없이 시장 도미냐고? 뭐 이런 날도 있는 거지. 생으로도 먹을 수 있는 횟감용 흰살생선을 이용해서 미디움 레어로 요리하면 정말 맛이 최고란다!

먼저 세 장 뜨기 한 도미살에 소금을 살짝 뿌려
둬. 그런 다음 껍질 쪽을 아래로 해서 찜기에 가지런
히 눕히는 거야. 채 썬 생강과 5밀리미터 정도 폭으로
썬 대파를 생선에 올리는데 넉넉히 올려도 좋아. 파
향이 생선 향을 좋게 만드니까. 이건 향이 아주 중요
한 요리거든.

냄비에 물을 끓여 줘. 물이 끓으면 찜기에 도미
를 올려서 찌는 거야. 생선에 따라 다르긴 하지만 대
체로 10분 정도, 생선 살이 하얗게 되기만 하면 충분
하단다.

다 찐 생선을 접시에 담고 그 위에 간장을 살짝
뿌려. 마지막으로 프라이팬에 데운 참기름까지 뿌려
주면 완성이야. 깨소금과 후추(산초 등도)를 뿌려서 흰
밥이랑 같이 먹으면 최고지. 중국 요리지만 약간 프랑
스풍이기도 하고 약간 일본풍이기도 한 세련되고 부
드러운 맛이 날 거야. 예전에 프랑스령이었던 베트남
느낌이 좀 나는 것 같기도 하고. 이런 프랑스어가 있는
지 모르겠지만, 프랑코 시누아즈(프랑스식 중국 요리라

는 뜻—옮긴이)한 한 그릇이라고 해도 좋겠네.

향이 정말 좋다. 자, 먹자!

중화풍 생선찜

Poisson vapeur
à la chinoise

재료(2인분)

도미	1마리(세 장 뜨기 한 것)
소금	적당량
대파	1/2대
생강	1쪽
간장	1~2큰술
참기름	2큰술
깨소금, 후추, 산초 등	취향껏

*   간장 2큰술, 참기름 1큰술, 식초 1큰술
을 프라이팬에서 끓여 만든 소스를 위
에 뿌리고 향채(고수)를 곁들여 먹어도
맛있다.

라타투이
Ratatouille

약간의
수고로

결과는 완전히
달라지니까

채소를 잘 먹지 않는 너를, 채소 좋아하는 아이로 만들고 싶은 마음에 고심해서 만든 게 바로 오늘 함께 만들어 볼 우리 집 단골 요리 라타투이란다. 특징은 카펠리니 면이 약간 들어간다는 점이지.

넌 토마토소스 스파게티를 좋아하니까 라타투이에 냉 카펠리니를 올리면 분명 잘 먹겠지? 싶기도 했고, 나도 한번 먹어 보고 싶어서 만들어 봤단다. 아니나 다를까, 열 살의 너는 순식간에 다 먹고는 "이거 더 없어?"라고 했었지. 그 후로 넌 점점 채소를 좋아하게 됐어.

뭐 갑자기 라타투이였던 건 아니야. 기억나?

처음엔 이탈리아의 미네스트로네minestrone였지. 뭐가 다르냐고? 간단히 말하면 채소를 더 잘게 썰고 베이컨이 들어간 게 미네스트로네야! 베이컨의 고기 질감이 채소에 배서, 아이들이 정말 좋아하는 요리지.

그걸로 네가 채소를 좋아하게 됐을 때, 좀 더 채소 모양이 확실히 살아 있는 라타투이가 등장한 거야.

작전 괜찮았지? 그 덕에 너는 채소라면 뭐든 잘 먹는 청소년으로 자랐잖아.

라타투이는 전부 채소뿐이야. 그렇다 보니 왠지 그것만으로는 맛이 나지 않는 것 같아서 올리브유와 고추로 약간 매운맛을 낸 카펠리니를 올렸는데 너 점점 더 채소를 잘 먹더라? 그래서 그다음에는 포토 푀도 먹게 된 거야. 포토푀에는 소고기와 소시지도 들어가니까 당연히 네가 제일 좋아하는 음식이 됐지.

오늘 만들 라타투이 냉 카펠리니는 전채요리로도 맛있게 먹을 수 있고, 보기에도 좀 호화로울 거야. 자, 얼른 만들어 볼까.

라타투이라고 하면 채소를 볶아서 뭉근히 끓이는 것으로 생각하기 쉽지만, 이 요리법의 포인트는 채소를 따로따로 볶는 데 있단다. 채소를 하나씩 올리브유로 볶아서 각각의 맛을 응축시키는 거야. 그리고 그걸 냄비에 모아서 끓여 줘. 이런 약간의 수고가 들어가면 맛이 완전히 달라지거든.

메인 채소는 가지, 파프리카, 애호박, 토마토,

양파 등이 있으면 좋아. 채소는 대체로 비슷한 크기로 썰어야 해. 떫은맛이 강할 것 같은 가지는 소금물에 5분 정도 담가서 떫은맛을 빼는 게 좋지.

바닥이 두꺼운 냄비에 올리브유 1큰술을 넣은 다음 다진 마늘을 넣어. 그리고는 약한 불에서 올리브유에 마늘 향이 배도록 볶아 주는 거야. 여기까지는 알리오 올리오하고 비슷하지. 다음에 양파를 넣고 볶아서 투명해지면 소금 한 꼬집을 뿌리고, 일단 불을 꺼 두렴.

이번에는 프라이팬에 올리브유를 넉넉히 두르고 가지를 볶아 줘. 가지는 익으면 흡수한 기름이 표면에 배어 나오니까 그 타이밍에 소금 한 꼬집을 뿌리고, 아까 그 양파 냄비에 옮기면 돼.

애호박이랑 파프리카도 마찬가지로 각각 프라이팬에서 올리브유로 볶은 다음 소금으로 간하고 익으면 냄비에 옮기는 식으로 점점 냄비 안에 재료(동료)들을 늘려 가 봐. 어때? 재미있지? 이게 요령이야. 마지막으로 토마토도 프라이팬에서 익혀서 껍질이 벗겨지면 긴 젓가락이나 집게로 껍질을 제거한 다음, 토마토가 "나도 넣어줘." 하고 보채기 전에 냄비로 옮겨줘. 요리든 뭐든 즐겨야 해. 즐겁게 만든 건 분명히 맛있으니까.

　　냄비 안에 채소들이 다 모이면 뚜껑을 덮고 15분쯤 약한 불에 올려서 서로 잘 어우러지게 해. 마지막에 소금, 후추로 간을 맞추면 라타투이 완성이야. 하룻밤 지나면 더 맛있어지니까 냉장고에 재워 둘까. 추운 곳을 좋아하는 녀석이거든.

　　카펠리니 면은 끓는 물에 소금을 약간 넣고 1분 40초 정도 삶은 다음, 체에 건져서 찬물에서 헹궈 주렴. 그리고 체 위에서 면을 누르듯이 해서 물기를 완전히 빼 주는 게 좋아.

　　이제 그 면을 볼에 옮기고, 올리브유 4큰술을 넣은 다음, 소금, 후추, 에스플레트(별로 맵지 않은 고추)로 간을 해 줘. 에스플레트가 없으면 시치미(고춧가루에 후추, 진피, 양귀비씨, 삼씨, 산초, 파래 따위를 섞어 만든 일본의 향신료―옮긴이)를 이용해도 돼. 다 됐으면 이

제 라타투이와 함께 푸짐하게 담자. 라타투이 중앙에
면을 동그랗게 말아 올리면 비주얼도 아주 괜찮을걸.
봐, 어때? 내 말이 맞지?

재료(2인분)

올리브유	적당량
마늘	2쪽
양파	작은 것 1개
가지	1개
애호박	1개
파프리카	1개
토마토	2~3개
소금	적당량
후추	적당량
카펠리니	120g
에스플레트나 시치미 등	적당량

훈제연어와 시금치 파스타
Pâtes au saumon fumé et aux épinards

네게
맞는

파스타 삶는
시간을 찾아

네가 독립하게 되면 틀림없이 가장 많이 만드는 게 파스타 요리일 거야. 우리 집에서 자주 사용하는 건 굵은 면에 식감이 확실한 바릴라Barilla 사의 '스파게티니 No.7 1.9mm'란다.

그런데 기억나? 네가 어릴 때만 해도 우리 집에는 데체코De Cecco 사의 가는 면인 페델리니가 많았던 거 말이야. 일본의 이탈리안 레스토랑에서는 페델리니가 잘 나왔으니까. 그런데 프랑스에서는 찾아보기 어려워. 취향 차이겠지. 난 스파게티니를 자주 사용하는 편이란다.

스파게티니 통에는 'COTTURA 11 MINUTI'라고 쓰여 있는데 이건 삶는 시간이 11분이라는 걸 의미해. 'COTTURA'는 '조리', '요리'라는 뜻의 이탈리아어니까 뭐 '조리에 이 정도 시간이 걸려요.' 하는 말 정도로 이해하면 돼. 그러니까 네가 좋아하는 알덴테로 삶고 싶으면 그보다 좀 더 짧은 시간으로 해야 할 거야.

페델리니에는 삶는 시간이 6분이라고 표기돼

있는데 내가 좋아하는 시간은 정확히 3분 45초야. 집착의 알덴테!

너는 그동안 정확히 3분 45초 익힌 페델리니를 먹고 자란 거라고. 기억해 둬. 자기가 좋아하는 파스타 면 삶는 시간을 찾는 게 파스타를 제패하는 지름길이니까.

오늘은 크림 파스타계의 왕도 중의 왕도, 훈제 연어와 시금치 파스타 만드는 법을 배워 볼 거야. 크림 파스타는 소스에 파스타를 버무려서 완성하는 거라고 생각하면 이해하기 편해. 서로 얽히는 거지, 인간관계처럼.

간단하기도 하고, 갓 삶은 상태의 파스타 맛이 유지돼서 내가 특히 좋아하는 조리법이기도 하단다.

먼저 시금치를 가볍게 데쳐서, 물로 헹군 다음 적당한 크기로 썰어. 그리고 물기를 꼭 짜서 그릇에 담아 둬.

다음에는 언제나처럼 마늘을 으깨서 프라이팬

중앙에 놓고, 올리브유를 한두 큰술 휘릭 두르는 거야. 그리고는 약한 불에서 볶으면서 기름에 마늘 향이 나게 하는 거지. 마늘이 희미하게 노릇해지기 시작했으면 오케이.

이제 시판 훈제연어를 큼직하게 썰어서 프라이팬에 넣을 거야. 그냥 연어도 괜찮지만, 완성도가 달라질 수 있으니까 되도록이면 훈제연어로 하자. 시금치도 동시에 넣어 줘. 훈제연어는 많이 익히지 않을 거니까 여기선 무조건 빠르게.

화이트와인을 두르고 불을 세게 해서 알코올을 날린 뒤에 생크림, 사워크림, 멘츠유(일본식 간장소스—옮긴이), 버터를 넣어. 마지막에 소금, 후추로 간을 마무리하면 크림은 완성이란다!

중요한 건 이때 면이 준비되어야 하니까 시간을 역산해서 같은 타이밍에 면이 다 삶아져 있도록 하면 좋겠지? 아마도 훈제연어를 넣는 타이밍에 파스타를 삶기 시작하면 딱 맞을 거야. 파스타는 끓는 물(2인분이라면 2리터 정도)에 소금을 1큰술 넣고 삶으면 된단다.

　　머릿속으로 완성 순서를 그리면서 동시에 진행
해 보렴. 처음부터 그렇게 하긴 어렵겠지만. 만약 둘
중 어느 쪽을 먼저 해야 하느냐고 묻는다면 아무래도
면이니까 소스 먼저 만들어 두는 게 좋겠구나. 파스타
면을 기다리게 해선 안 되니까 먼저 크림소스를 만드
는 게 좋겠어. 소스는 아주 약한 불로 따뜻하게 유지될
수만 있게 대기시켜 놓으면 괜찮을 거야.

　　면을 다 삶았으면 크림소스에 넣고 서둘러 섞
어 줘. 이때, 소스에 면수를 2큰술 정도 넣는 것도 잊
지 마. 흑후추는 좋은 향을 내니까 마지막에 넣고 싶
은 만큼 넣으면 완성이야. 오늘은 연어알이 있으니 연
어알도 올리자.

　　이게 말이야, 훈제연어의 훈제 맛과 사워크림
의 산미, 그리고 시금치의 대지의 맛이 섞여 정말 최
고거든.

　　"어때? 최고 맞지?"

"응, 알겠어, 빨리 먹자. 먹는 타이밍은 지금이
지?"

"정답."

훈제연어와 시금치 파스타

Pâtes au saumon fumé et aux épinards

재료(2인분)

시금치	3뿌리(150g)
마늘	1쪽
올리브유	적당량
훈제연어	150g
화이트와인	100ml
생크림	30ml
사워크림	70g
멘츠유(3배 농축)	1큰술
버터	10g
소금	약간
후추	약간
스파게티니	180g

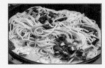

볼로네제
Ragù alla bolognese

좋아하는
걸

- - - - - - - - - - - - - - - - - -

좋아하는
방법으로

영어나 폴란드어로는 '볼로네즈'이지만, 본고장 이탈리아에서는 '볼로네제'. 정확히는 라구 알라 볼로네제ragù alla bolognese라고 해.

볼로네제는 지역마다 만드는 법과 맛이 다르고, 이탈리아에서도 한 집 한 집마다 맛이 다 다르대. 심지어 그날 기분에 따라서도 전혀 다른 볼로네제가 완성된다니까. 솔직히 내가 만드는 볼로네제는 그날 나의 기분과 냉장고 님의 상태에 따라 결정되긴 해. 말하자면 그만큼 남은 음식 처분하는 데 최적이면서 (웃음), 정말 맛있는 음식이라 주부인 내게는 큰 도움이 되지.

나중에 결혼해서 아이에게 만들어 주면 좋을 거야. "파스타는 아빠가 만든 게 맛있어." 하고 아이들이 말해 주면 정말 기쁠 테니까. 가뜩이나 프라이팬이 무거운데 너는 체격이 좋으니 파스타 만드는 모습이 딱 어울린다.

눈치챘을지 모르겠지만 나는 파스타를 두 가지 방법으로 만들어. 하나는 파스타에 소스를 끼얹는 방법, 다른 하나는 소스가 담긴 냄비에 파스타를 넣고 섞는 방법. 어느 쪽이든 다 맛있고 사용하는 재료는 같아. 배 속에 들어가면 마찬가지이긴 하지만, 중요한 건 역시 먹을 때의 식감이나 감칠맛이 퍼지는 느낌 같은 거니까 뭐, 어느 쪽으로 할지는 기분에 따라 선택하면 돼.

지난주에 네게 만들어 준 건 파스타에 소스를 끼얹는 타입이었어. 그건 넓적한 면인 라자냐로 만들었거든. 라자냐는 일본의 기시면(길고 납작한 면)처럼 쫀득한 식감이 중요하고, 그것만으로도 훌륭한 음식이기 때문에 소스를 면 위에 끼얹어서 양쪽의 식감과 맛을 즐긴 다음, 한데 섞어 한 번 더 즐겨 주면 완벽한 코스가 되지.

하지만 일반 파스타 면으로 만들면 내가 '이탈리아 엄마 스타일'이라고 부르는, 볼로네제소스에 삶은 파스타를 부어서 먹는 스타일도 맛있단다.

볼로네제의 기원을 더듬어 보면 옛날에 "프랑스의 조림 요리를 파스타에 끼얹어서 먹으면 맛있대."

하던 시절로 거슬러 올라간다니까, 원래는 파스타 면 위에 끼얹어서 먹는 게 정석일 거야. 네가 어렸을 때 데려갔던 볼로냐 지방의 레스토랑들에서도 이 스타일이 많았어.

하지만 요리는 걸어 다니는 역사여서 말이야, 시대와 지역과 엄마들의 연구로 냄비의 소스에 파스타를 넣어서 섞은 걸 아이들이 잘 먹게 되는 등 변화를 거쳤겠지. 아, 그런 의미에서 이탈리아 사람에게 파스타는 엄마의 맛이겠구나.

그럼 만들어 볼까. 먼저 채소는 잘게 썰고 마늘은 다져 둬. 이 썰기의 차이에 따라 집마다 맛이 다르단다.

냄비에 올리브유 2큰술을 두르고, 마늘 1쪽과 채소를 약한 불에서 찬찬히 볶아. 양파가 흐물흐물해질 때까지 볶아야 해.

다진 고기는 볼에 담아서 소금과 후추를 뿌리고 손으로 치대 줘. 다진 고기를 차게 하면 찰기가 생기니까 이걸 도마에 평평하게 펼쳐 놓으렴.

이번에는 프라이팬에 올리브유를 2큰술 두르고, 마늘 1쪽을 다져서 넣은 뒤에 약한 불에서 천천히 마늘 향을 내 줘. 올리브유에 마늘 향이 배면 마늘을 꺼내. 그러고 나서 프라이팬에 다진 고기를 넣고, 센 불로 끝이 살짝 탈 정도까지 구워. 노릇해지면 뒤집어서 뒷면도 잘 굽고, 이번에는 레드와인을 둘러. 오늘은 내 입에 맞지 않아서 마시지 않는 와인을 사용할 거야.

나무 주걱으로 고기가 뭉치지 않도록 풀어 가면서 구워 줄 건데, 눌어붙은 게 맛있으니까 프라이팬에서 잘 떼어 내면서 정성껏 대담하고 호쾌하게 구워라!

고기를 다 구웠으면 채소 냄비에 넣고, 여기에 통조림 토마토도 넣어 줘. 이때 와인을 조금 더 넣어도 좋아. 농후함이 달라지거든. 물론 이건 취향대로.

고기를 풀어 가며 잘 섞고, 약한 불에서 30분 정도 끓여. 다 끓으면 취향껏 케첩, 간장, 설탕 등(소스 재료)으로 간을 맞춰 줘.

볼로네제를 3분의 1 정도 따로 떠 놓고, 남은 볼

로네제 냄비에 삶은 파스타를 넣고 잘 섞어. 이걸 접시에 담은 다음 따로 떠 놓은 볼로네제를 그 위에 올려 주고, 거기에 파르미지아노 레지아노 치즈나 파슬리를 뿌리면 완성이지. 이렇게 하면 두 가지 스타일의 좋은 점을 다 취하게 되는 셈이랄까?

　　자, 먹자!

볼로네제

Ragù alla bolognese

재료(4인분)

당근	1개
양파	중간 크기 2개
셀러리	2대
마늘	2쪽
올리브유	적당량
소고기 다짐육	400g
소금	1/2작은술
후추	약간
레드와인	1컵
토마토 통조림	400g
파슬리	적당량
파르미지아노 레지아노	적당량
좋아하는 파스타 면	320g

소스

케첩	1큰술
간장	1큰술
설탕	2작은술
소금	적당량
후추	적당량

봉골레 비앙코
Vongole bianco

부정적인
것도

나쁜 것만은
아냐

사람은 긍정적이어야 한다고들 하잖아. 그야 당연히 그렇지만 말이 쉽지, 그렇게 간단히 긍정적이 될 수 있다면 세상에 힘든 사람은 아무도 없을 거야.

사람이란 긍정적일 때도 있고 부정적일 때도 있는 법. 뭐, 평생 부정적인 사람도 많겠지. 오히려 긍정적인 사람보다 훨씬 많을지도 몰라.

너 한번 상상해 봐. 여기 컵이 있는데 누군가 네게 주스를 따라 줬어. 딱 컵의 반 정도. 그걸 보면 넌 어떤 생각이 들 것 같아?

"응? 왜 반밖에 안 주는 거야?" 하고 실망하면 너는 부정적인 사람인 거야.

"와, 신난다! 나 사과주스 좋아하는데." 하고 양이 많고 적음과는 관계없이 기뻐한다면 긍정적인 사람인 거지.

나? 나는 만약 그게 내가 좋아하는 와인이라면 약간 불만스러울지도 모르겠다. 더 마시고 싶다고 생각할 것 같아. 아직 마시지도 않았으면서.

하지만 이것도 생각하기 나름이야. 사실 나는

부정적인 나 자신이 그렇게 싫지는 않아. 컵에 반쯤 따라 준 와인을 보고 그대로 만족해 버리면 그 이상의 와인은 마실 수 없는 셈이니까.

불만과 불평을 향상심이라고 생각하면 부정적인 것도 그리 나쁜 것만은 아냐. 재미있지? 사람의 욕망의 회로란 거.

'인생은 되도록 긍정적으로, 그리고 이따금 부정적으로.' 이 정도가 딱 좋을지도 모르겠다. 평생 긍정적인 것도 피곤할 테니까. 뭐, 너 편한 대로 해.

자, 오늘은 너도 나도 아주 좋아하는 봉골레 파스타 만드는 법을 가르쳐 줄게. 그것도 그냥 봉골레가 아냐. 최고로 맛있는 레시피지. 이름하여 '원 포인트 봉골레!'다.

먼저 바지락은 바락바락 문지르듯 씻어야 해. 껍데기에 묻은 이물질이 싹 떨어지도록 돌 부딪치는 소리가 울려 퍼지는 느낌으로 말이야.

포인트 1. 농도 3퍼센트의 소금물에 바지락을 해감할 것. 3퍼센트란 500밀리리터의 물에 소금 1큰술을 넣은 정도야. 통에 바지락을 넣고 바지락이 살짝 잠길 정도로 소금물을 부은 다음, 키친타월을 덮어서 어두컴컴한 곳에 놓아 둬. 슈퍼마켓이나 생선 가게에서 산 바지락이라면 2시간 정도면 될 거야. 해감을 잘하는 게 가장 중요하단다. 알겠지?

포인트 2. 마늘은 아주 잘게 다질 것. 입자가 최소가 될 정도로, 이래도 되나 싶을 정도로 잘게 다져. 마지막에는 약간 걸쭉해서 페이스트에 가까울 정도가 되면 베스트야. 알리오 올리오를 만들 때도 마찬가지지만, 이탈리아 사람은 여기에 가장 집착하더라고! 시간이 걸릴 거야. 7~10분 정도는 다져야 해.

다음으로 커다란 냄비에 넉넉하게 물을 끓여서 소금을 넣고, 타이밍을 봐서 링귀니를 넣어 줘. 표시된 삶는 시간보다 조금 일찍 꺼내는 게 중요해. 1분 30초 정도 일찍 꺼내서 알덴테로 마무리하는 게 포인트 3이다.

파스타 면을 삶는 것과 동시에 프라이팬에 씨

를 뺀 홍고추와 마늘을 넣고 올리브유를 둘러 줘. 올
리브유의 양은 마늘을 중심으로 두르다가 웅덩이가
생기는 정도면 돼.

　　약한 불에서 기름에 마늘 향이 배도록 볶아 주
는 건데 이건 파스타의 기본이야. 마늘 향이 나고 노
릇해지면 잘 씻어서 물기를 뺀 바지락과 파슬리를 넣
어. 그다음 화이트와인을 한 바퀴 두르고 뚜껑을 덮어
서 중간 불로 익히는 거지.

　　바지락이 하나둘 입을 벌리면 불을 약하게 줄
이고 졸여. 면이 삶아졌으면 프라이팬으로 옮겨서 불
을 세게 한 상태에서 섞어 줘. 거기에 두 국자 정도의
면수를 넣는 거야. 이게 포인트 4지. 유화 작용을 일으
켜 걸쭉해지면서 맛이 좋아지거든. 마지막으로 소금,
후추로 간을 맞추면 돼.

　　바지락 국물과 파스타가 어우러져서 최고로 맛
있는, 우리 집 봉골레 완성이야. 추천 파스타 면은 링
귀니지만, 스파게티니도 괜찮아. 그러고 보니 나는 스
파게티니로 할 때가 많은 것 같구나.

자, 너는 반컵의 사과주스와 함께, 나는 반컵의
와인과 함께 맛있게 먹어 보자.

봉골레 비앙코

Vongole bianco

재료(2인분)

바지락	450g
마늘	2쪽
홍고추	2개
올리브유	적당량
말린(혹은 생) 파슬리	1큰술
화이트와인	100ml
소금	적당량
후추	적당량
링귀니	160g

새우 파스타
Pâtes aux crevettes

사람이건
요리건

- - - - - - - - - - - - - - - - - - -

알맹이가
중요해

"사람은 남자도 여자도 역시 알맹이이야. 겉모습이 아무리 멋져도 알겠나, 츠지, 알맹이가 없는 사람은 3일이면 질려."

이렇게 말한 건 내가 처음 일했던 레코드 회사의 한 선배였어. 그때 내 나이가 고작 스물두 살이었는데 주변에 그런 말을 해 주는 어른이 없어서 그 말이 내게는 굉장히 신선하게 다가왔지.

그래서 그 후로 쭉 사람은 알맹이가 중요하다고 생각하며 살아 왔단다.

그런데 요리 재료도 마찬가지더라. 역시 알맹이가 있는 재료로 만든 요리가 맛있어.

오늘은 새우 파스타의 진수를 네게 가르쳐 줄 건데, 보통 새우라고 하면 새우 몸을 생각하잖아. 하지만 가장 새우답고 맛있는 부위는 머리에 있는 내장이란다.

일본에서는 이걸 유두有頭 새우라고 해. 머리가 있는 새우라는 말이지. 프랑스에서는 시장에서 삶은 유두 새우를 팔잖아. 그래서 그걸 마요네즈에 찍어 먹는데, 오늘은 바로 그 유두 새우를 사용할 거야. 프랑스인들도 대개 새우 머리를 버리는데, 그건 제일 맛있는 알맹이를 버리는 것과 다름없어.

나는 이걸 버리지 않고 엄청나게 맛있는 파스타를 만들 거야. 프랑스에서는 옛날에 참치 뱃살도 버렸어. 일본인이 참치를 잡으러 왔을 때에야, 프랑스인은 참치 뱃살이 맛있다는 걸 깨달았지. 이거 실화야.

일본에서는 삶은 새우를 별로 팔지 않아서 요전에 일본에서 친구 집에 초대받았을 때 생선 가게에서 생새우를 사 가서 삶아 주었단다. 생새우를 사용할 때는 먼저 머리를 떼고 몸통만 껍질째 삶아 줘. 삶는 법은 끓는 물에 소금을 낙낙하게 넣고 새우를 넣어 주기만 하면 돼.

1분 정도 삶았으면 불을 끄고 그대로 식힌 뒤에 꺼내서 등의 내장을 꺼내고, 세로로 반을 갈라 둬. 일단 이것으로 준비 끝.

파스타 요리의 시작은 프라이팬에 올리브유와

마늘을 넣는 것부터라고 했던 거 기억하지? 마늘은 다지고, 둥글게 썬 고추와 함께 약한 불에서 천천히 기름에 마늘 향이 배게 해. 여기까지는 알리오 올리오와 과정이 같아.

은은하게 향이 나기 시작하면 다진 양파를 넣고 잘 볶아 줘.

그다음에는 여기에다 새우 머리를 넣고 나무 주걱으로 눌러서 그 안의 내장을 꺼내는 거야. 꾹꾹 눌러. 그러면 내용물이 쭉 나올 거야. 이게 이 파스타 맛의 원천이야. 알겠지? 곧 육수가 될 거거든.

화이트와인을 넣고 불을 세게 해서 알코올을 날린 다음, 토마토 페이스트, 방울토마토, 물 100밀리리터를 넣고 뚜껑을 덮어서 약한 중간 불에서 끓여 줘. 대략 30분 정도?

육수는 새우 머리에서도 나오지만 껍질에서도 나온단다. 그러니까 남김없이 내용물을 끌어내는 거야. 바다 맛이 그대로 파스타 안에 들어오도록. 그러면 맛이 없을 수가 없지.

30분쯤 끓여서 새우에서 육수가 우러나면 일단 새우 머리를 전부 건져서 한 번 더 나무 주걱으로 꾹꾹 눌러 줘. 그렇게 마지막 남은 한 방울까지 짜는 거야. 아깝잖아. 이게 제일 맛있는 건데. 마지막의 마지막까지 짜서 아무 영양가 없는 껍데기만 남게 해.

다 했으면 여기에 생크림을 넣고 약한 불로 데워서 마지막에 레몬을 꾹 짜 줘.

파스타 면을 약간 단단하게 삶고, 그 면을 소스에 넣어서 살짝 졸이는 느낌으로 소스와 어우러지게 해. 봐, 맛있겠지?

이제 삶은 새우살이 등장할 차례야. 그래도 이 요리의 주인공은 새우 머리 내장이지. 새우살은 다만 소스를 더 맛있게 하는 식감에 지나지 않아. 아니, 조금 과장하자면 머리와 몸의 협업이라고나 할까. 내용물도 알차고 겉모습도 멋진 나 같은 이미지 말이야. 왜 웃고 그래, 이 녀석.

삶아 둔 새우를 넣고 새우가 따뜻해질 정도로

데운 다음, 소금, 후추로 간을 맞추고, 마지막으로 올리브유를 휙 두르면 완성이야. 괜한 건 일절 넣지 않고 새우 육수만으로 만드는 파스타지만, 이것이야말로 본고장 이탈리아의 맛이라고 할 수 있어. 새우는 좀 비싸니까 크리스마스나 축하 파티 때 만드는 게 좋아. 일본에 살 때는 설 음식으로 나온 새우가 꼭 남아서 그걸로 만들곤 했지. 자고로 음식은 맛있게 먹어야 하는 법이니까, 자, 먹어 볼까!

새우 파스타

Pâtes aux crevettes

재료(2인분)

유두 새우	300g
마늘	1쪽
홍고추	1개
올리브유	적당량
양파	중간 크기 1/2개
화이트와인	100ml
토마토 페이스트	1큰술
방울토마토(있을 경우)	10개 정도
생크림	50ml
레몬	1/4개
소금	적당량
후추	적당량
좋아하는 파스타 면	180g

민트와 잣을 곁들인 메밀국수 샐러드
Salade de nouilles soba à la menthe et aux pignons

몸도
마음도

아름다워지게

너는 한창 자랄 나이이다 보니 어쩐지 늘 채소가 부족하다고 해야 할까. 아무튼 나는 네가 되도록 더 많은 채소를 먹어 주었으면 하고 바랐어. 부모 마음이지. 그래서 채소도 많이 섭취할 수 있고, 맛있기까지 한 메밀국수 샐러드를 생각해 낸 거야. 게다가 말이야, 민트는 항균 작용이 뛰어나기도 하니까.

응? 뭐야, 그 표정. 민트 싫다고? 아니, 아빠는 좀 고령에 가까운 나이대잖아? 뭐, 너, 웃을 일 아냐. 됐고, 아무튼 그래서 코로나19가 유행한 후로 면역력 증진에 더 신경을 쓰고 있지.

그런 의미에서 특히 의식해서 챙겨 먹고 있는 게 미소 된장과 낫토, 치즈, 요구르트 같은 발효 식품이랑, 녹황색 채소, 해초, 버섯류 같은 것들이야. 여기에 함유돼 있는 비타민 A나 E, 아연·망간 등의 미네랄, 철분, 폴리페놀 등이 면역력 증진에 효과가 좋대. 거기에 민트, 잣, 그리고 메밀도 몸에 아주 좋다고 하더라고. 그래서 오늘은 특별히 이렇게 면역력 증진에 도움이 되는 음식 재료를 사용해서 요리를 만들어 보려고 해.

이봐, 속는 셈 치고 한번 먹어 봐. 내가 만든 거니까 분명 맛있지 않겠어? '민트라니…….'라고 생각하는 이유도 모르는 바는 아니지만, 유럽인은 아랍계 식문화 영향을 받아서인지 일본에 비해 요리에 민트를 사용하는 비율이 압도적으로 높아. 민트는 항균 작용뿐만 아니라, 두통이나 통증을 완화하는 작용도 하거든. 항상 두통이 있는 나에게는 빼놓을 수 없는 식재료지.

옛날에 너랑 여행할 때 호텔 직원이 "두통이 있으시면 민트 차를 드세요." 하고 가르쳐 준 적 있는데 기억나니? 그래, 터키 이스탄불의 호텔에서였어. 민트 차에는 설탕이 들어가는데 이 단맛이 더욱 마음의 평온을 가져다준다고.

나는 샐러드 파스타에 항상 민트를 넣는단다. 이건 꼭 기억해 줘. 건강하기 위해서는 필요한 걸 맛있게 섭취하는 게 중요하다는 거.

코로나19로 혼란스러운 이 시대에 백신에 의지할 수밖에 없는 건 맞지만, 그전에 식생활로 면역력과

체력을 기르는 것도 중요하다고.

자, 구구절절 잔소리 그만하고, 얼른 요리를 시작해 보자.

먼저 프라이팬에 홍고추(씨를 뺀 상태)를 넣고 올리브유 1작은술을 두른 다음 약한 불에서 볶아 줘. 그다음 기름에 매운맛이 나면 가지를 넣고 구워 주는 거지.

가지가 익기 시작하면 거기에 잣과 잘게 부순 호두를 넣고 볶을 거야. 물론 따로따로 해도 좋지만 나는 게으르니까 한꺼번에 할래. 잣은 독특한 식감과 풍미가 있어서 넣으면 더 맛있어져.

깨끗이 씻은 채소들은 먹기 좋은 크기로 썰어서 볼에 담아. 여기에 올리브유를 두르고 잘 버무린 다음, 볶은 가지와 홍고추, 잣, 호두를 넣고 한 번 더 버무려 주는 거지. 그리고 참기름, 멘츠유, 쌀식초를 이용해 드레싱을 만들어서 반 정도 넣고 섞어서 맛이 잘 배게 잠시 둬.

메밀국수는 삶아서 찬물로 헹구는데, 채소와는 다른 볼에 담아서 올리브유와 남은 드레싱을 넣고 소금으로 간을 맞춰.

접시에 먼저 메밀국수를 담고, 그 위에 채소를 올린 다음 마지막으로 민트를 뿌릴 거야. 민트는 채소볼에도 조금 넣는 게 좋아. 가능하면 그건 다져서 넣어 주렴.

만약에 좀 싱거우면 천일염 등을 뿌리는 것도 괜찮아. 더 맛있어질 테니까. 난 색다르게 기분전환을 하고 싶을 때 여기에 중국 향신료 화자오를 더 넣기도 하지.

이 샐러드 메밀국수의 특징은 역시 민트로 인한 상큼함이야. 항균 작용이 뛰어난 맛이란 건 먹어 보면 한입에 알 수 있어.

우리 둘 다 메밀국수를 좋아하고, 게다가 어릴 때는 채소를 먹지 못하던 너도 지금은 채소를 아주 좋아하는 청소년이 됐으니까 이 요리가 정말 딱이지 않니?

채소를 많이 먹는 것. 이건 몸도 마음도 아름다워지는 비결이란다.

민트와 잣을 곁들인 메밀국수 샐러드

Salade de nouilles soba
à la menthe et aux pignons

홍고추	1~2개(별로 맵지 않은 것)
올리브유	적당량
가지	1개
잣	25g(원하는 만큼)
호두	25g(원하는 만큼)
생채소	적당량
(이번에 사용한 건 셀러리, 크레송, 경수채 등)	
민트	6g(원하는 만큼)
참기름	1큰술
(향을 내기 위한 거라 적어도 된다.)	
멘츠유(3배 농축)	1큰술
쌀식초	1큰술
소금	약간
메밀국수	180g

소고기 미트볼 스튜

Ragoût de boulettes de boeuf

갈림길에서는
네가

행복해지는 길을
선택해

사람은 고민하는 생물이야. 네가 진로 문제로 고민하고 괴로워한다는 건 반대로 말하면 네가 사람으로서 아주 바른 길을 걷고 있다는 말이기도 한 거지. 그리고 지금 네 앞에 있는 갈림길이야말로 인생의 갈림길이란 말이고.

나도 몇 번이나 갈림길에서 고민하고, 망설이고, 멈춰 서곤 했어. 그럴 때 나는 내가 가장 행복해질 길을 선택했지. 오른쪽인가 왼쪽인가 고민되면 어느 쪽이 성공의 지름길인가를 선택하는 게 아니라, 어느 쪽이 최종적으로 나를 행복하게 할 것인가를 기준으로 말이야.

이 선택은 대략 틀리지 않을 거야. 그냥 대략이면 돼. 너무 확실하게 정해서 도망치지 못하게 되는 것보다, 대체로, 대략, 그렇게 인생을 완성해 가렴. 네게 이 방법을 강요할 생각은 없지만, 인생에는 절대 지름길이 없어.

자기 행복을 그리며 가다 보면 반드시 도착하는 장소가 있을 거야.

내가 찜 요리를 좋아하는 이유가 뭔지 아니?

이건 인생을 더 풍요롭게 해 주는 요리법이기 때문이야. 누가 발명했는지 모르지만 고기는 찌면 찔수록 맛있어져. 재료에 따라서는 너무 오래 찌면 안 되는 것도 있긴 하지만 말이야. 뭐, 어떤 것이든 가감加減이란 게 있지.

찜 요리는 우리의 선배들이 몇 번이고 실패하다가 적당한 시간을 찾은 거라고도 할 수 있어. 질긴 고기도 적절한 시간 동안 끓이면 물러지거든.

신기하게도 7시간이 필요한 고기, 3시간 반이 걸리는 고기, 30분이면 되는 고기 등 다 달라. 사람에 따라 설득하는 시간과 노력이 다른 것처럼, 고기에도 저마다의 물러지는 시간이 있는 셈이지. 정말 사람이랑 비슷하다니까. 설득되고 이해해 준 사람들과의 화해는 정말 멋지잖아. 그래서 찜 요리는 인간관계와 비슷하다는 생각이 들어.

나는 찜 요리를 하면서 트위터를 하기도 하고 에세이를 쓰기도 하고 기타 연습을 하기도 해. 내 삶의 방식과도 잘 맞지.

오늘은 네게 찜 요리를 가르쳐 줄게.

제일 먼저 할 일은 역시 양파 볶기야. 어느 요
리에나 양파는 중요한 연결 역할을 한다고 했잖아. 언
제나처럼 프라이팬에 기름을 두르고, 다진 양파를 색
이 날 때까지 볶아 줘. 해 볼래? 이제 너도 할 수 있지?

"태우면 안 되고, 캐러멜색이 날 때까지였지?"
"그렇지, 캐러멜색."

오케이, 좋아. 그럼 볼을 갖고 와 줘. 큼직한 게
좋아. 볼에 소고기 다짐육, 달걀, 우유에 재운 빵가루,
캐러멜색이 된 양파를 넣고 소금, 후추를 뿌린 다음 손
으로 치대서 완자를 만드는 거야.

"전부터 생각했는데, 손, 더럽지 않아?"
"깨끗이 씻으면 괜찮아. 어차피 불에 익히잖아.
손으로 치대는 게 무엇보다 중요해. 주걱으로 하면 잘
섞이질 않아. 인간관계와 마찬가지지. 사람과 사람 사
이에서 관계를 조정할 때는 마음으로 개입해야 하잖

아. 정중하고 또 정중하게 재료를 손으로 섞어서 싸움을 진정시키는 마음으로 해 줘."

"좋아!"

맞아, 작은 공 모양의 주먹밥을 만드는 느낌. 데굴데굴, 데굴데굴 알지? 동그랗게 뭉쳤으면 가볍게 밀가루(분량 외)를 뿌려 둬. 대략 10~15개 정도. 좋아하는 크기대로 만들면 되지만, 너무 작으면 공 안에서 맛과 풍미가 돌지 않으니까 이 정도 크기가 좋겠다.

냄비에 올리브유를 넉넉하게 두르고, 다진 마늘과 안초비를 넣어. 스페인에 갔을 때 먹은 안초비야. 기름 속에서 감바스 알 아히요를 하는 느낌. 약한 불로 먼저 향을 내고, 안초비는 열에 저절로 녹으니까 썰지 말고 젓가락으로 찔러 주기만 해도 돼.

딱 좋다! 그러면 중간 불로 줄이고 드디어 고깃덩어리를 하나씩을 넣어 주자. 잘 굴리다가 전면이 갈색을 띠면 화이트와인을 두르고 불을 세게 해서 알코올을 날릴 거야.

이어서 통조림 토마토를 넣고, 비프 부용과 물을 찰박해질 때까지 넣은 다음 로리에를 한 장 넣어 주고 보글보글할 정도의 약한 불로 20분 정도 조려. 이 20분이 아주 중요하단다. 이제 간장으로 간을 하고, 생크림으로 살짝 화장을 고쳐 주듯 멋을 내 줘.

조리는 동안에 고기에 맛이 배서 아주 맛있어질 거야. 정성에 감동한 고기가 납득하고, 화해하고, 원만해져 가는 거지. 도중에 완자가 으깨지지 않도록 부드럽게 나무 주걱 등으로 재료를 굴리고, 토마토를 으깨면서 소스가 잘 배도록 하면 돼.

삶은 파스타에 소고기 미트볼 스튜를 곁들이고, 파르미지아노 레지아노 치즈를 뿌리면 완성이야.

"맛있겠다!"

"갈림길에 서면 초조해하지 말고 일단 소고기 미트볼 스튜를 만들어 봐. 시간이 네게 살아갈 힌트를 줄 거야. 무엇보다 맛있는 소고기 미트볼 스튜 덕분에 행복해질 수 있어. 자, 먹자!"

소고기 미트볼 스튜

Ragoût de boulettes de boeuf

재료(2인분)

양파	중간 크기 1/2개
올리브유	적당량
소고기와 돼지고기 다짐육	250g
달걀	1개
빵가루	1/4컵
우유	약간(빵가루를 적실 정도)
소금	약간
후추	약간
마늘	1쪽
안초비	1장
화이트와인	50ml
토마토 통조림	400g
비프 부용	1/2개(소량의 물로 녹인다.)
로리에	1장
간장	2작은술
생크림	1큰술
파르미지아노 레지아노 치즈	적당량
좋아하는 파스타 면	160g

포토푀
Pot-au-feu

필요할 때
필요한 만큼의

- - - - - - - - - - - - - - - - - - - -

시간을
들이는 것

정말 맛있는 걸 먹고 싶다면 시간을 들여야 해. 요리는 애정의 결정체니까. 애정은 단시간에 만들어질 수 없잖아. 찜 요리는 특히 시간과 애정과 끈기의 산물이지.

바쁘다고 단시간에 만드는 요리에만 의지하면 정말 맛있는 것으로부터 멀어지게 될지도 몰라. 참 유감스러운 일이지. 시간을 들인다는 건 그리 대단한 게 아냐. 찜 요리는 재료를 냄비에 넣고 나면 그다음은 내버려 두면 되니까 느긋하게 요리와 어울릴 기력만 있으면 되거든. 시간이 최고로 맛있는 걸 만들어 줄 거야.

꼭 고급 음식 재료를 사야만 맛있는 걸 만들 수 있는 건 아냐. 시간을 쏟을 수만 있으면 그렇게까지 고급이 아니어도 고급 음식 재료에 지지 않는 맛을 끌어 낼 수 있다고. 정말이야.

나는 매일 채소 가게에 가고, 생선 가게에 가고, 정육점을 들여다보며 내가 쓸 수 있는 돈의 범위 안에서 가장 좋은 음식 재료를 고르고, 시간과 애정을 듬뿍 쏟아서, 어떤 레스토랑에도 지지 않는 맛을 만들어 냈다고 자부해. 그래서 아마 너는 네 또래 중에서 정말 맛있는 걸 잘 구분하는 아이이지 않을까 싶어.

무엇이 맛있는지를 아는 건 살아가는 데 중요한 일이야. 그게 인생을 풍요롭게 하니까. 나는 네가 요리를 하거나 음식을 먹으면서 '아, 이건 농부들이 열심히 시간과 애정을 들여 키운 음식 재료지!' 하고 깨달을 수 있는 사람이면 좋겠어.

너는 음식을 소홀히 대하지 않고, 남김없이 다 먹잖아. 그건 요리를 계속해 온 나에게 무엇보다 큰 자랑이기도 해. 밥공기에 밥알 하나 남기지 않는 걸 볼 때마다 나는 마음속으로 브이를 그리거든.

오늘은 찜 요리의 결정판, 포토푀를 만들 거야. 보기에는 전혀 멋있지 않은 평범한 요리지만, 이 안에는 맛있는 채소와 고기의 진정한 맛이 농축돼 있어. 미쉐린 별 세 개짜리 레스토랑에서 나오는 일은 좀처럼 없지만, 단순하면서 풍부한 맛으로, 최고 맛있는 가정식의 대표 선수지.

그럼, 같이 만들어 볼까.

먼저 고기부터. 덩어리 고기라면 적당한 크기로 썰어 주렴. 양파에 정향을 꽂고 고기와 양파를 냄비에 넣은 다음, 잘박해질 만큼 물을 부어. 여기에 소금 1작은술, 셀러리 잎, 타임, 로리에를 넣고 불을 켜. 끓기 시작하면 거품이 생기는데 거품은 깨끗하게 걷어 내고, 그대로 불을 줄여서 30분 정도, 고기와 양파를 끓인단다.

고기가 익는 동안 당근, 순무, 셀러리, 대파를 큼직하게 썰어 줘. 그리고 순무 이외의 채소를 고기 냄비에 넣고 불을 세게 한 뒤, 끓으면 다시 불을 약하게 해서 보글보글 끓는 상태로 유지. 그때부터 1시간가량 뚜껑을 덮고 끓여야 해. 끓이는 동안에 다른 냄비에 감자를 삶자.

채소가 푹 익고, 고기가 물러지면(고기는 부위에 따라 물러지는 시간이 다르니, 질긴 경우는 좀 더 익힌다), 순무와 감자도 넣어. 소금, 후추로 간을 하고, 같은 불 세기로 15분 정도 끓이면 드디어 완성. 간단하지? 중요한 건 필요할 때 필요한 만큼 시간을 들이는 것. 그뿐이야.

본고장 프랑스의 포토푀는 소금으로만 간을 해. 고기와 채소에서 나오는 맛으로만도 놀랄 만큼 맛있거든. 디종 머스터드를 조금 넣고 먹으면 돼. 이것이야말로 진정한 행복의 맛이지.

포토푀

Pot-au-feu

재료(4인분)

찜용 고기(홍두깨살, 사태, 양지머리 등)	500g
양파	1개
정향	3개
말린 타임	1작은술
로리에	2장
당근	2개
순무	3개
셀러리	1대
대파	1대
감자(메이퀸)	4개
소금	적당량
후추	적당량
디종 머스터드	원하는 만큼

*   정향은 단단하고 향이 강한 향신료이기
     때문에 나중에 걷어 내기 쉽도록 양파에
     꽂아 둔다.

치킨 코코넛 카레

Curry de poulet au lait de coco

소금이
생명이라면

향신료는
휴머니티야

내가 요리할 때 가장 중요하게 생각하는 건 소금이야. 그래서 우리 집에는 다양한 종류의 소금이 있지. 요리에 따라 다른 소금을 쓰거든. 그다음에 집착하는 건 향신료. 소금이 생명이라면 향신료는 휴머니티humanity, 인간성이랄까 개성 같은 거라고 할 수 있어. 소금으로 베이스를 다지고 향신료로 자유자재로 조절하는 느낌이지.

프랑스에는 향신료만 취급하는 '에피스리épice-rie'라는 가게도 있단다. 내가 갓 프랑스에 왔던 20년 전, 우리 집 근처에 있던 에피스리에 거의 살다시피 했었지. 요리사도 아닌데 그 향에 매료돼서 말이야.

'세상에는 이렇게 많은 향신료가 있구나.' 하고 정말 깜짝 놀랐어. 그리고 즐거웠지. 세상의 향신료를 더 연구하고, 나만의 맛을 만들고 싶다, 끝을 보고 싶다고 생각하게 됐어. 재미있잖아. 너 알지? 내 요리의 날개는 이 향신료들이 맡고 있다는 거.

그 향신료 가게에 들어가면 몇 종류의 노란 가루가 든 병이 진열돼 있어. 나중에 알았지만, 전부 인도에서 온 향신료들이더라고. 커민이나 코리앤더, 강황, 고춧가루, 올스파이스, 카더몬, 시나몬 등등 한 스무 종류 정도 있었을 거야.

이걸 조합해서 카레가루를 만들어. 카레 루roux를 만들 때는 밀가루를 사용하는데 꼭 밀가루를 사용하지 않더라도 자기가 좋아하는 향신료를 조합해 무글루텐 카레를 만들 수 있단다.

물론 이미 조합된 시판 카레가루를 사용해도 돼. 그런 카레가루로도 맛있는 음식을 만들 수 있지. 시판 카레가루에 자기가 좋아하는 향신료를 살짝 더하면 간단하게 자기만의 카레가루를 만들 수도 있어.

인도에 가 본 적은 없지만 가정마다 카레의 맛이 다양하다고 하더라. 너는 카레를 좋아하니까 언젠가 너의 맛을 만들어 보는 것도 좋겠다. 우리 집에도 10여 종류의 향신료가 있으니 놀이 삼아 조합해 보렴.

이제 본격적으로 카레를 만들어 보자. 아빠 맛 카레, 그 이름도 찬란한 '치킨 코코넛 카레'란다. 이거 진짜 장난 아냐!

먼저 닭고기는 30분쯤 전에 냉장고에서 꺼내 상온에 두고, 바닥이 두꺼운 냄비를 중간 불에서 잘 달궈 줘. 그다음 기름은 두르지 않고 소금, 후추를 뿌린 닭고기를 껍질 쪽이 아래로 가게 해서 넣어 줘. 처음에는 고기가 냄비에 달라붙지만, 익으면 떨어지니까 움직이지 말고 푹 익도록 구워. 이렇게 구우면 껍질이 바삭바삭해진단다. 다 구웠으면 뒷면도 똑같이 구워 줘. 껍질이 바삭바삭한 닭고기를 보면 그대로 먹고 싶겠지만, 꾹 참아야 해. 끓이면 더 맛있어지거든.

노릇노릇 색이 곱게 나왔다 싶으면 일단 닭고기는 접시에 꺼내 놔. 냄비에 닭고기에서 나온 기름 있지? 여기에다 다진 마늘, 생강, 홍고추, 양파, 셀러리, 당근을 넣고 약한 불에서 볶아 주는 거야.

양파가 투명해지면 카레가루 2큰술, 주변에 있는 향신료(없으면 카레가루만으로도 좋아), 버터, 토마토 페이스트를 넣고 약한 불로 뭉근하게 끓여 줘. 아마 5분 정도면 될 거야.

자, 여기에 화이트와인을 넣자. 와인을 넣은 다

음에는 센 불로 높여서 알코올을 날려야 해. 그러고 나서 여기에 코코넛밀크를 넣고 잘 섞는 거지. 어때? 이미 맛있겠지? 이제 원래 주인에게 자리를 돌려줘야 지. 그래, 바로 그거, 거기 닭고기!

　　닭고기를 냄비에 도로 넣었으면, 거기에 설탕 을 넣고 레몬을 짠 다음, 1시간 정도 약한 불에 뭉근히 끓여. 다 끓으면 소금과 후추로 간을 하고, 요구르트 2 큰술을 넣는 거야. 맛이 고루 배면 부족한 간은 소금으 로 맞춰 주고. 그럼 완성이야. 엄청 맛있겠지.

치킨 코코넛 카레
Curry de poulet
au lait de coco

재료(4인분)

닭고기	500g
소금	약간
후추	약간
마늘	2쪽
생강	1쪽
홍고추	1/2개
양파	큰 것 1개
셀러리	5cm
당근	1/2개
카레가루	2큰술
향신료	적당량
(카더몬, 가람마살라, 시나몬, 터머릭 등을 취향껏)	
버터	10g
토마토 페이스트	1큰술
화이트와인	3큰술
코코넛밀크 캔	400g
설탕	2작은술
레몬	1/2개
요구르트	2큰술

*   닭고기는 순살도 가능하지만, 육수가 우
러나니까 뼈가 있는 것을 추천한다.

양고기 쿠스쿠스
Couscous d'agneau

나만의
레퍼토리

하나쯤은
있어야지

엄마 요리, 아빠 요리, 난 그런 구분을 잘 모르겠더라. 무엇이 남성다운 건지 여성스러운 건지도 잘 모르겠어. 하지만 쿠스쿠스만큼은 뭐랄까, 좀 마초적인 사나이 요리임에 틀림없는 것 같아.

일본인에게는 익숙하지 않아서 일본에서는 곧잘 "쿠스쿠스가 어떤 요리예요?" 하는 질문을 받곤 해. 그럴 때 나는 '북아프리카의 어묵' 혹은 '북아프리카의 포토푀'라고 설명하지. 굉장히 전통적이고, 가정적이고, 간편해서 노천 가게에서도 먹을 수 있고 말이야. 쿠스쿠스의 포지션은 그야말로 어묵과 같아.

일종의 수프이기도 하고, 일종의 찜 요리이기도 한데 차이를 묻는다면 향신료를 듬뿍 사용한다는 점, 양고기를 사용한다는 점, 토마토를 능숙하게 섞는다는 점 정도일까. 그리고 하리사를 사용한다는 점도 있구나. 그게 어묵이나 포토푀와 좀 다른 점이네. 하리사는 어묵에서의 겨자, 포토푀에서의 홀그레인 머스터드 같은 역할을 하는 소스야. 최근에는 일본 슈퍼마켓에서도 살 수 있더라고. 감칠맛이 있고 너무 맵지 않아서 내가 정말 좋아하는 고추 페이스트지.

어묵이나 포토푀와 결정적으로 다른 점은 건더기가 든 수프를 카레처럼 세몰리나에 끼얹어서 먹는다는 건데, 세몰리나는 보기에는 쌀 같은 알갱이지만, 실은 밀가루로 만든 세상에서 제일 작은 파스타 면이야.

그런데 경계가 모호해서 나도 어디까지를 쿠스쿠스라고 부르는지 모르겠어. 쿠스쿠스란 세몰리나라고 하는 사람도 있고, 수프까지 포함해야 쿠스쿠스라고 하는 사람도 있거든. 나는 세몰리나에 건더기 있는 수프를 끼얹은 것을 쿠스쿠스라고 하는 게 정답이 아닐까 싶지만, 이게 맞는지는 자신이 없다.

알제리나 튀니지 사람인 지인이나 모로코 사람인 유세프에게 물어도 웃으면서 "다 똑같죠."라고 하더라고. 혼란스러우면 안 되니까 오늘은 파스타 면을 '세몰리나'라고 해서 건더기 있는 수프와 구별하고, 세몰리나와 수프를 섞은 걸 '쿠스쿠스'라고 부르기로 하자. 배 속에 들어가면 마찬가지라고? 그렇구나!

세몰리나는 아까도 말했듯이 밀가루로 만든 파

스타 면이야. 위에 들어가면 붇기 때문에 밥처럼 우걱우걱 먹었다간 나중에 큰일 난다. 지금은 이 세몰리나도 일본이든 프랑스든 전 세계 어디서든 구할 수 있어. 뜨거운 물에 불려서 먹는 건데 꼭 컵라면처럼 간단하고 편리하지. 의외라고 하면 실례지만 파스타랑도 다르고, 쌀이랑도 다른 식감으로 정말 맛있어.

나는 세몰리나에 잘게 썬 채소를 섞어서 샐러드로 먹는 것도 아주 좋아해. 타불레tabbouleh라고 하는 음식인데 거기에 비네그레트(드레싱)를 살짝 뿌리면 최고! 참을 수 없는 맛이지.

그럼 바로 만들어 보자.

먼저 양고기는 어느 부위든 좋지만, 이번에는 넓적다리, 프랑스어로 '지고다뇽gigot d'agneau'이라고 하는 부위를 사용할 거야. 일본에서는 뼈 있는 양고기가 많지만, 뭐, 어느 부위든 맛있단다. 뼈가 있으면 육수가 우러나서 좋지 않을까.

양고기는 한입 크기로 썰어서 소금, 후추를 뿌려 두자. 요리를 시작하기 전에 해 두면 나중에 맛있어지니까 잊지 말고 꼭 해 둬. 요리는 뭐든 밑간이 중요하거든.

뚜껑이 있는 두꺼운 냄비(르쿠르제나 스타우브 등)에 다진 마늘을 넣고 올리브유를 둘러서, 약한 불로 마늘 향을 내. 이건 파스타 만들 때랑 같지.

향이 나기 시작하면 고기를 넣고 센 불에서 노릇하게 구워 줘. 마초적인 느낌, 꽤 멋있단다. 그러고 나서 큼직하게 썬 채소(애호박 제외)를 넣고, 휙휙 볶아서 섞은 다음 물과 소금 2작은술을 넣어. 물은 잘박할 정도로. 채소는 집에 있는 거 아무거나 괜찮아. 마늘, 셀러리, 애호박, 양파, 무, 순무, 감자, 파프리카, 배추, 양배추 등등 뭐든 좋아.

다음에 향신료(수입 식료품점 등에서 쿠스쿠스 믹스를 구할 수 있으면 좋겠지만, 커민, 코리앤더, 파프리카 가루가 있으면 대체로 그럴 듯한 맛이 날 거야), 치킨 부용, 토마토 페이스트를 넣어. 이쯤에서 애호박을 투하해 볼까. 끓어오르면 약한 불로 줄여서 뚜껑을 덮고 뭉근하게 끓여 줘.

약 1시간쯤 끓이면 돼. 마지막에 소금과 후추로 간을 하고. 흐름은 카레 만드는 법과 거의 같아. 고기가 양고기고, 향신료를 듬뿍 쓰고, 토마토가 숨은 맛을 내고, 밥 대신 세몰리나인 것만 기억해 두면 될 거야. 양고기 대신 닭고기로 만들어도 되지만 닭고기는 너무 익히면 단단해지니까 역시 양고기가 좋겠어.

세몰리나는 볼에 넣고 올리브유 1작은술과 소금을 약간 넣은 다음, 세몰리나가 잠길 정도의 뜨거운 물을 부어서 뚜껑을 덮고 불려 줘. 그리고 몇 분 후에 포크 같은 걸로 섞어. 왜 밥이 다 되면 주걱으로 뒤적여 주잖아. 그런 느낌으로 가볍게 뒤적여서 그릇에 담는 거야.

세몰리나 대신 나는 현미로 먹는 걸 좋아하지만. 아니, 사악한 건 알지만 말이야, 몸에 좋고(건강하고), 씹는 식감도 좋고, 개인적으로는 현미 쪽이 좋은 것 같기도 해. 다음에 한번 비교해 보자.

그릇에 담은 세몰리나 또는 현미에 건더기를

듬뿍 넣은 수프를 끼얹으면 완성이야. 완성되면 절로 미소가 돌지. 모두가 쿡쿡거리게 되니까 쿠스쿠스라고 하는 거야, 는 거짓말이지만. 웃기지? 요리를 못해도 말이야, 한 가지쯤 자신 있는 레퍼토리를 갖고 있는 게 좋아. 너도 언젠가 친구들을 모아서 파티를 하게 되겠지? 그때 쿠스쿠스를 만들면 아마 인기인이 될걸. (웃음)

　　자, 먹자!

양고기 쿠스쿠스
Couscous d'agneau

재료(4인분)

양 넓적다리살	400g
소금	적당량
후추	적당량
마늘	2쪽
올리브유	적당량
순무	3개
당근	2개
셀러리	2대
토마토	2개
애호박	2개
향신료	2작은술
(커민, 코리앤더, 파프리카, 계피, 정향, 생강 가루 등을 섞어서)	
치킨 부용	1개
토마토 페이스트	1큰술
메르게즈 소시지	4개
세몰리나	1~2컵(가족의 양에 맞춰서)

*   양고기가 없을 때는 닭고기도 좋다.

*   메르게즈 소시지는 양고기와 소고기로 만든 스파이시한 소시지인데 없으면 프랑크푸르트 소시지도 괜찮다. 구워서 마지막에 곁들인다.

굴라시
Goulash

이거라면

좀 따뜻해질 거야

오스트리아 빈에 마지막으로 간 게 언제였더라? 초등학생 때였나? 그때, 메구리에게 배운 게 소고기 파프리카 찜인 '굴라시'였지.

우리 집에서 소고기찜 요리라고 하면 프랑스의 뵈프 부르기뇽이 아니라, 이 굴라시야. 뭐 같은 고기를 사용하고, 대체로 비슷한 부류의 요리이긴 하지만, 부르기뇽을 만들기 전부터 우리 집에서는 굴라시가 소고기찜 요리로는 단골 메뉴였어. 겨울이 되면 우리 집 식탁에 굴라시 올라오는 횟수가 압도적으로 늘어나지.

네가 그렇게 키가 큰 것도 다 이 굴라시 덕분이야. 그리고 그 레시피를 가르쳐 준 사람이 메구리고.

아빠의 사촌 여동생인 메구리가 오스트리아 사람인 제럴드와 결혼한 건 네가 태어나기 훨씬 전의 일이야. 네가 태어났을 무렵에는 영국과 독일에 친척이 있었지만 지금은 모두 일본으로 돌아갔어. 지금까지 유럽에 남아 있는 사람은 메구리와 나뿐이지.

기억나니? 제럴드가 놀아 주던 거. 제럴드는 자

상한 오스트리아 아저씨란다. 유원지에도 데려가 주었고, 진짜 권총도 보여 줬잖아. 맞아, 그는 보안 업계 전문가야. 그래서 권총을 항상 슈트 아래에 차고 있지. 그렇게 자상한 얼굴로 빈의 보안을 책임지고 있는 거라고. 유럽에 사는 너에게는 같은 유럽 안에 친척이 살고 있다는 게 좀 든든한 일일 거야.

메구리는 빈에서 요리 선생님을 하고 있어. 오스트리아 주재원에게는 빈 요리를, 반대로 오스트리아 사람들에게는 일본 요리를 가르치고 있지. 그런 메구리 선생님에게 배운 오스트리아 요리가 바로 슈니첼과 이 굴라시! 둘 다 오스트리아를 대표하는 요리지만, 사실 이 굴라시의 발상지는 헝가리란다.

헝가리에서는 '구야시gulyás'라고 해. 일본에도 건너와 메이지 시대에 하야시라이스(하이라이스)가 됐지. 너도 좋아하는 약간 카레와 비슷한 소고기찜 요리 말이야. 그게 실은 동유럽 요리가 기원이라는 설이 유력해.

하야시라는 사람의 요청으로 만들어졌다는 설

도 있지만, 나는 구야시가 하야시라이스가 됐다고 믿고 싶어. 그게 더 낭만 있잖아.

추운 날에 굴라시를 먹으면 몸이 따뜻해져. 진심으로 따뜻해진다니까. 특히 메구리가 전수한 레시피는 최고야. 그럼 가족 대대로 전해진 동유럽의 소고기찜 요리 만드는 법을 네게도 가르쳐 줄게.

먼저 뚜껑이 있는 바닥 두꺼운 냄비에 샐러드유를 두르고, 가늘게 썬 양파를 캐러멜색이 될 때까지 볶아야 해. 소고기 미트볼 스튜 만들 때와 마찬가지로 좀 시간이 걸리더라도, 지긋이 볶으면 완성품이 훨씬 맛있어질 거야. 천천히, 천천히.

여기에 파프리카가루를 넣고 전체를 재빨리 섞어 줘. 그다음 물 3큰술로 희석한 식초를 넣고, 뚜껑을 덮은 상태로 뜸을 들여. 5분 정도 뜸을 들였으면, 여기에 큼직하게(사방 5센티미터 정도) 썰어 둔 소고기를 넣고 볶아 주렴. 그리고 소금, 다진 마늘, 커민가루, 레몬 껍질, 토마토 페이스트, 비프 부용과 물 250밀리리터 정도를 넣어. 그래, 잘박잘박할 정도면 오케이. 찜의 기본이지, 잘박잘박!

　　잘 뒤적거린 뒤에 무거운 뚜껑을 약간 어긋나게 덮어서 끓이면 돼. 뚜껑 틈으로 조금씩 수분이 증발해서 딱 적당한 상태가 될 거야. 고기가 연해지고, 표면에 적자색 기름이 뜨면 거의 다 된 거란다. 어느 정도 끓일지는 고기 부위에 따라 다르겠지만, 사태라면 최소 3시간 정도 끓이면 맛있어질걸. 마지막으로 소금과 후추로 간을 해 줘.

　　좀 더 걸쭉하게 먹고 싶으면 물에 녹는 옥수수 전분(혹은 녹말가루)을 적당히 넣어 봐. 식감이 더 좋아질 거야.

　　자, 다 됐다. 보나페티!

굴라시

Goulash

재료(4인분)

찜용 소고기(목심, 사태 등)	500g
양파	중간 크기 2개(500g)
샐러드유	적당량
파프리카가루	25g
식초	1큰술
소금	1작은술
마늘	1쪽
커민가루	1/2작은술
레몬 껍질	필러로 벗겨서 한 겹
(유기농 제품으로 껍질을 얇게 벗긴 뒤 채 썬다.)	
토마토 페이스트	1/2큰술
비프 부용	1/2개(소량의 물에 녹인다.)

멘치가스
Croquettes de viande panée

행복은
일상의 순간에

- - - - - - - - - - - - - - - - - - - -

깃들어
있어

나는 말이야, 너하고 마흔다섯 살이나 차이가 나잖아. 종종 인생에 지칠 때도 있지만 부모니까 너를 잘 키울 때까지는 이대로 포기할 수 없다고 늘 생각하며 살아왔어.

너와 둘이서 살기 시작했을 무렵, '행복이란 뭘까.' 하고 고민한 적이 있단다. 밥을 지어 먹을 때, 네 방 청소를 할 때, 슈퍼마켓에서 장을 볼 때 등등 그런 생각이 문득 머리를 스칠 때면 곧잘 멈춰 서곤 했지.

젊을 땐 행복이란 걸 찾지 않았던 것 같아. 그런데 혼자서 너를 키워야 하는 숙명을 짊어지게 된 그날부터 나는 꼭 행복해지겠다는 오기가 생겼어. 너도 어렴풋이 느꼈겠지만……. (웃음)

너는 행복이란 뭐라고 생각해? 성공? 돈? 호화로운 생활? 사랑하는 사람과 함께 있는 것? 나는 어느 순간, 행복이란 문득 '어? 혹시 나 지금 행복한 건가?' 하고 깨닫는 게 아닐까 생각하게 됐어. 한창 행복할 때는 오히려 깨닫기 어려운 것일지도 몰라.

아, 그래. 행복이란 잃고 나서야 비로소 '그게

행복이었구나.' 하고 깨닫는 것이기도 하지. 너무 욕심을 부리면 잃어버리기 쉬운 작은 것이기도 하고.

　　둘이서 산 지 벌써 8년째가 됐지만, 나는 종종 네가 초등학생이었을 때를 떠올리곤 해. 내가 너의 배구 코치가 되어 특훈하던 시절 말이야. 집 앞 광장에서 "아빠, 배구 하자!" 하고 종종 졸랐잖아.

　　배구부원이었던 너는 잘하고 싶다며 코치를 부탁했지. 사실 좀 귀찮기도 했지만 그래도 우린 초저녁이면 매일 특훈을 했어. 나는 그 시절을 잊을 수가 없어. 지금도 이따금 생각나.

　　너 정말 열심이었잖아. 중학생이 돼서는 파리 배구 대회에서 동메달, 은메달, 그리고 금메달까지 따서 돌아왔고. 정말 행복한 순간이었어. 틀림없이 내 인생에서 가장 행복한 시간이었을 거야.

　　형태가 될 것 같으면서 되지 않는 것. 눈에 보일 듯하면서 보이지 않는 것. 행복이란 너무나 소소해서 눈에 잘 보이지 않는 거야.

　　대단한 상을 받은 사람이나 부자가 행복할 거

란 생각은 이제 하지 않게 됐어. 옛날에 내가 추구했던 건 상장이나 상금이나 명예나 성공이 동반되는 거였지. 그런데 돌이켜보니 그건 성취감에 지나지 않았더라고. 행복이라고 착각했던 거야. 행복은 성취감이 아니야. 인생이라는 끝없는 여행의 과정에 있는 휴게소지. 여행을 돌아보고, 앞으로 떠날 여행에 대한 희망을 음미하는 장소.

　'고통을 외면하지 말고 살아가자.' 나는 늘 이렇게 스스로를 타일러 왔어. 항상 나 자신을 훈계하며 살아왔지. 그랬더니 그 고통의 근원이 이해가 되더라. 하루하루의 소소한 감동을 기쁨으로 느끼게 됐어. 이를테면 요리나 식사나 너와의 대화 같은 것들…….
　이제는 네가 조금씩 어른이 돼 가는 매일을 바라보면서 '이런 게 행복이구나.' 하고 생각해. 그래서 지금은 내 주변에 있는 놓치기 쉬운 작고 소소한 행복을 긁어모으며 살고 있지.
　그건 멋진 일이야. 자신 있게 말할 수 있어. 그거야말로 행복이야. 그래서 주방에 서서 '자, 맛있는 걸 만들자.' 하고 기합을 넣을 때, 나는 행복하다는 걸 자각한단다.

알겠지? 우리 집 가훈이니까 잘 기억해 둬. 불평과 불만이 많으면 불행이 찾아와. 그러니까 되도록 밝은 미래를 바라보며 살자.

나 따위 어차피 불행하다고, 삐뚤어지지 마.

불행에 익숙해지거나 불행을 만들면 안 돼.

작은 행복을 긁어모아서 즐거운 미래를 그려.

행복은 행복을 부르고 불행은 불행을 부르니까.

오늘은 우리가 제일 좋아하는 멘치가스를 만들 거야. 부드러운 반죽으로 만들면 아주 맛있는 멘치가스가 되지. 진짜 간단해.

먼저 양파를 성기게 다져. 그리고 볼에 재료를 전부 넣고 섞어서 찰기가 생길 때까지 치대는 거야. 약간 조그맣게 뭉쳐서 튀김옷을 입히고 170~180도 기름에 튀기면 완성. 아하하, 레시피는 이상 끝. 간단하지.

어려운 건 반죽을 만들 때 정도일 거야. 반죽이 부드러워서 좀 섬세한 작업이 되겠지만, 너무 힘 주지 말고 부드럽게 하면 괜찮아. 밀가루와 달걀과 물을 거품기로 잘 섞어서 여기에 한번 담갔다가 빵가루를 묻히면 튀김옷이 된단다. 튀김 기름의 온도는 빵가루를 떨어뜨렸을 때 자잘한 거품을 내면서 퍼져 가면 딱 좋은 거야. 불의 세기를 조절해서 맛있는 소리가 날 때까지 6~7분 정도 침착하게 튀겨 주렴.

갓 튀긴 멘치가스에 신선한 채소를 곁들여서 먹어 보자. 모양은 좀 별로여도 맛은 최고야. 역시 행복의 맛이지!

멘치가스

Croquettes
de viande panée

재료

돼지고기 다짐육	300g
양파	큰 것 1개(300g)
달걀	1개
소금 누룩	1큰술
미소 된장	1큰술
마요네즈	1큰술
설탕	1/2큰술
술	2큰술
튀김용 기름	적당량

튀김옷

밀가루	4큰술
달걀	1개
물	2큰술
빵가루	적당량

생선 포와레와 오렌지 소금
Poêlé de poisson, sel à l'orange

신선한
생선을

- - - - - - - - - - - - - - - - - - - -

먹이고
싶어서

시장이 주 후반에 열리다 보니 우리 집 식탁에는 목요일부터 일요일까지는 생선 중심 메뉴가 많고, 월요일부터 수요일까지는 육류 중심 메뉴가 준비돼. 역시 신선한 생선을 먹이고 싶어서 말이야. 그리고 시장이 다른 어디보다 싸거든. 특히 생선은 백화점 식품 매장과 비교하면 가격이 3분의 1 이하란다. 신선도로 말하면 산지 직송, 매번 품절인 시장 쪽이 한 수 위지.

요즘엔 고기 요리도 풍부하지만, 바다로 둘러싸인 일본은 내가 어릴 때만 해도 생선 요리 중심이었어. 고기는 고급품이었고.

하지만 생선 가게가 적은 파리에서는 고기보다 생선 쪽이 비싸. 신선한 생선을 찾는 사람들은 바다로 향하지. 노르망디, 브르타뉴, 남프랑스 등에 가면 해산물이 정말 맛있단다.

카페테리아 같은 데서 먹는 생선 요리는 파리 시내만 해도 활어로 만드는 곳이 거의 없거든. 가격을 보면 한눈에 알 수 있지. 활어를 사용하는 데는 눈알이 튀어나올 정도로 비싸니까.

그래서 나는 일본에 가면 생선만 먹어. 일본은

생선 종류도 많고 싸고 신선하고, 그런 면에서는 부러울 따름이지.

그러다 보니 날것으로 먹을 수 있는 신선한 생선을 샀을 때, 바로 오늘 같은 날은 흥분할 수밖에 없어. 그러니까 오늘은 껍질이 싱싱한 이 생선으로, 아빠 특제 오렌지 소금을 뿌려서 좀 심플하면서도 호화롭게 먹기로 하자.

내가 개발한 이 오렌지 소금을 뿌려서 구우면 어떤 생선도 유럽풍 레스토랑에 지지 않는 맛이 돼. 간장도 소스도 필요 없어. 생선이 원래 가진 맛을 이 오렌지 소금이 훌륭하게 끌어내 주거든.

오렌지 소금만 만들 줄 알면 언제 어디서든 아빠의 맛을 재현할 수 있을 거야. 이게 바로 우리 집의 맛. 전가의 보도(대대로 내려오는 명검—옮긴이) 못지않은 전가의 오렌지 소금이라고.

먼저 오렌지 소금 만드는 법부터 설명해 줄게. 자, 오븐은 미리 150도로 예열해 둬. 오렌지는 반드시 유기농 오렌지를 사야 해. 왜냐하면 껍질을 먹는 거니까 농약을 사용하지 않은 유기농 오렌지를 사용하는게 중요하지.

오렌지를 잘 씻어서 필러로 껍질을 벗기는데, 되도록 얇게, 껍질의 흰 부분이 들어가지 않도록 벗겨야 해. 벗긴 오렌지 껍질은 쿠킹시트에 간격을 두고 예쁘게 늘어놓고, 예열해 둔 오븐에 넣어서 10분 정도 구워 주렴. 온도를 맞추기가 조금 어려워서 처음엔 실패하기 쉬울 거야. 너무 구우면 탄내가 나고, 덜 구워지면 수분이 나와서 소금이 죽거든. 타기 직전, 수분이 막 사라진 순간을 노려야 해.

오븐에서 꺼낸 오렌지 껍질은 딱딱해지기 전에 잘게 다져. 그리고 잠시 그대로 둬. 10분 정도 두면 바삭바삭해지는데 이걸 천일염과 섞으면 완성이야. 완성된 오렌지 소금은 밀폐된 병에 넣어서 보관하면 된단다.

이번에는 껍질이 싱싱한 생선을 구워 보자. 시장에서 산, 회로도 먹을 수 있는 엄청나게 신선한 농어를 사용할 거야. 농어에는 소금과 후추를 가볍게 뿌리고(기분에 따라서 껍질에는 후추, 생선 살에는 소금을 뿌릴 때도 있어. 취향대로), 들러붙지 않는 코팅 프라이팬에 기름을 넉넉히 두르고 약한 중간 불에서 껍질 쪽을 아래로 해서 구워 줘.

껍질을 바삭하게 하고 싶을 때는 껍질에 밀가루를 살짝 뿌려도 좋아. 이게 정말 맛있지. 너무 귀찮지 않으면 그렇게 한번 해 봐. 먹을 때 훨씬 즐거워질 테니까.

구울 때는, 손가락 끝으로 생선을 누르면서 구우면 휘지 않아. 그냥 두면 생선이 동그랗게 말려서 뒤집히니까 주의하렴. 손으로 하는 게 무서우면 집게든 숟가락이든 뭐든 좋으니까 중심을 살짝 눌러 줘.

화력을 봐 가면서, 껍질이 바삭바삭해지고 생선 살까지 잘 익어서 전체가 하얗게 됐으면 완성이야. 날것으로도 먹을 수 있는 신선한 생선이라면 희끄무레해지기만 하면 오케이! 살이 두꺼운 경우는 뒤집지만, 살짝 익히는 정도면 된단다.

이제 접시에 담아서 오렌지 소금을 원하는 대로 뿌려. 향이 정말 죽인다니까. 오렌지 향과, 껍질을 바삭바삭하게 구운 맛있는 생선 냄새의 조화가 최고야. 곁들인 루콜라에는 올리브유와 비네그레트를 좀 뿌리면 돼.

바다 향과 오렌지의 상큼한 풍미가 코와 입을 즐겁게 하는 더할 수 없이 사치스러운 한 접시. 맛은 완전 보장!

생선 포와레와 오렌지 소금

Poêlé de poisson, sel à l'orange

재료
오렌지 소금

유기농 오렌지	1개
천일염(플리르 드 셀)	50g
(가능하면 프랑스 게랑드 소금 추천)	

농어 포와레

농어	2토막
소금	적당량
후추	적당량
오렌지 소금	적당량
루콜라 등	적당량

키슈로렌
Quiche Lorraine

그때의
쓸쓸함을

채워 준
것들

너는 어릴 때부터 키슈로렌을 참 좋아했어. 희한한 게 달걀은 별로 좋아하지 않으면서 일본의 달걀말이와 프랑스의 키슈만큼은 잘 먹더라.

나와 둘이 살게 된 열 살 무렵에 특히 "키슈가 먹고 싶어." 하고 곧잘 졸랐잖아. 나는 비록 키슈 명인은 아니었지만, 그때부터 키슈에 대해 연구해 가며 이것저것 만들기 시작했지. 그러니까 우리 집에서는 '키슈'라고 하면 그건 '아빠의 맛'이라고 해도 지나치지 않아.

프랑스 하면 키슈지. 그리고 키슈는 가정의 수만큼이나 다양한 맛이 존재하는 자유로운 요리이기도 해. 굽는 동안 집 안 가득 퍼지는 향과 따스함이야말로 키슈를 만드는 참즐거움이야.

네가 키슈가 먹고 싶다는 말을 했을 때는 쓸쓸함을 채우고 싶은 때였어. 그래서 오븐 속에서 봉긋하게 부풀어 오르는 키슈를 바라보며, 허한 마음을 부풀리곤 했지.

내가 만드는 키슈로렌은 정말 단순해. 꾸미지 않은 가정의 맛, 그래서 질리지 않고 맛있는 거야. 로렌 지방은 독일과 가까워. 그래서 키슈라는 요리는 온전히 독일의 영향을 받았다고 할 수 있지. 보기에는 커다란 원형이라 처음엔 피자인가 하고 생각하기 쉽지만, 전혀 달라. 원래는 케이크를 이미지화해서 만든 요리래. 무슨 느낌인지 알 것 같지?

설탕 대신 짭짤한 맛의 케이크라고 생각하면 바로 와 닿을 거야. 그래서 아이들이 키슈를 좋아하는지도 몰라. 파이 반죽을 쓰기도 하고 말이야. 그 바삭바삭한 식감이 정말 미치지.

너를 채소 좋아하는 아이로 키우기 위해서 나는 키슈를 꽤 많이 이용했어. 네가 시금치를 잘 먹게 된 건 다 키슈 덕분이야.

이 바삭바삭한 키슈에 여러 가지 채소를 숨겼거든. 뭐든 넣어도 되지만, 역시 간단한 키슈로렌이 맛있지. 결국은 '심플 이즈 베스트simple is best'란다.

　　　　로렌 지방에서 태어난 이 키슈가 우리 집에서
는 일요일 점심의 맛이었어. 일요일 낮에 구워서 접
시에 올린 다음 옆에 잎채소 하나를 살짝 곁들여서 먹
곤 했으니까.

　　　　오늘은 프랑스 전통 요리 키슈 만드는 법을 가
르쳐 줄게.

　　　　먼저 오븐은 언제나처럼 예열해 두렴. 오늘은
좀 높은 200도로. 다음에 베이컨은 7~8밀리미터 막
대 모양으로, 양파는 가늘게 썰어 둬.

　　　　이제 달걀물 재료를 볼에 넣고 잘 섞어 줘. 파이
생지는 피칼(냉동식품 전문점)에서 산 걸 사용할 거야.
편리하지. 옛날에는 손수 만들었지만 이제 이 냉동 파
이 생지가 너무 편리하거든. (웃음)

　　　　타르트 팬을 준비하고, 파이 생지는 사용하기
조금 전에 냉동실에서 꺼내 해동해서 타르트 팬보다
한 치수 크게 늘여 줘. 그리고 팬에 올리는 느낌으로
사뿐히 놓고, 팬 가장자리까지 구석구석 생지를 밀어
붙이듯 꼭꼭 눌러. 팬에서 삐져나온 생지는 손가락으

로 집어서 비틀듯이 모양을 잡아 주고. 이 삐져나온 부분을 잘 비트는 게 핵심이야. 이 부분이 오븐에 구워져서 바삭바삭한 귀가 되거든.

팬에 깔아 놓은 생지에 포크로 구멍을 내고 오븐에 넣어서 10분 정도 살짝 노릇해질 때까지 구워. 만약 도중에 바닥이 부푸는 것 같으면 오븐 문을 열고 포크로 터트려 주렴.

자, 이걸로 준비 완료.

이제 프라이팬을 불에 올리고 기름은 두르지 않은 상태에서 베이컨을 볶아 줘. 기름은 필요 없어. 다음엔 양파를 넣어서 베이컨에서 나온 기름에 양파가 축 늘어질 때까지 같이 볶아 줄 거야. 향 좋지? 그게 바로 옛날 우리 집 주방의 냄새라고.

타르트 팬의 생지에 이 향긋하게 볶은 베이컨과 양파를 깔고 거기에 달걀물을 부어. 마지막에 마무리용 녹는 치즈를 뿌리고, 다시 200도 오븐에서 약 20분 정도, 표면이 노릇해질 때까지 구우면 완성이야.

키슈가 노릇한 색으로 부풀면서 알맞게 구워지

는 시간이 나는 참 행복해. 이게 바로 진정한 삶의 맛이지. 봐, 맛있게 완성됐지?

키슈로렌

Quiche Lorraine

재료(지름 21~22cm 타르트 팬 1개분)

베이컨(블록)	150g
양파	작은 것 1개
냉동 파이 생지	1장(150~180g)
마무리용 녹는 치즈	적당량

달걀물

달걀	2개
달걀노른자	2개
생크림	150ml
우유	80ml
녹는 치즈	30g
소금	1/3작은술
후추	약간
넛메그	약간

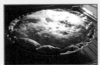

로스트 포크
Rôti de porc

속도를
내려면

준비 운동이
필요해

있잖아, 하여간 프랑스라는 나라는 오븐 요리가 많지 않니? 네가 먹는 고기 요리의 절반은, 아니, 대부분은 오븐을 사용하잖아.

프랑스 오븐은 식기세척기 못지않게 큰데 어느 집 주방에나 거대한 오븐이 있단다. 나는 일본인 지인들에게 이따금 "어떻게 하면 프랑스 요리를 집에서 재현할 수 있을까요?" 하는 질문을 받곤 하는데 그럴 때 보통 "먼저 오븐이나 오븐레인지를 사세요." 하고 조언하지.

네가 이 나라에서 본격적인 프랑스 가정식을 배우고 싶다면 오븐을 사용하는 일에 익숙해져야 할 거야.

전자레인지는 전자로 음식 재료를 데우지만, 오븐은 열을 대류시켜서 상하좌우 골고루 데울 수가 있어. 음식 재료를 오븐 팬에 올리는 건 이 대류 열을 균일화하기 위해서지. 하지만 다이얼을 그릴에 맞춰 놓고 사용하면 위와 아래에만 열을 가해 굽는 것도 가능해. 어쨌든 프랑스 요리에서는 오븐 팬 사용이 아주 중요하단다.

　다음으로 중요한 건 사용하기 전에 반드시 예열하는 거, 즉 미리 데워 두는 거야. 잘 기억해 둬. 갑자기 달리면 제대로 힘을 발휘할 수 없지만, 준비 운동을 해 두면 속도를 낼 수 있잖아. 그것과 마찬가지야. 오븐은 전자레인지와 달리 바로 데워지지 않으니까 예열이라는 작업이 필요해.

　그리고 덧붙여 한 가지 더 알아 두어야 할 건 '예열'이 아닌 '여열'이야. '여열'은 요리한 뒤에 남은 열을 사용해서 뭉근히 가열하는 방법이지. 이것도 언젠가 가르쳐 줄게.

　오븐은 전자레인지 등으로는 절대 재현할 수 없는 깊은 맛을 낸단다. 이게 한번 숙달되면 이제 뭐든 오븐에 넣고 싶어지는 참으로 편리한 조리기구지. 뭐니 뭐니 해도 프랑스 요리는 오븐의 역사와 밀접한 관계가 있으니까.

　그래서 오늘은 프랑스 가정식 중의 가정식, 요리를 시작할 때 모두 이것부터 만든다고 하는 '로티

드 포르'를 가르쳐 줄게. 영어로는 '로스트 포크'라고 도 해. 너도 아주 좋아하는 거지. 이것만 기억해 두면 프랑스인과 결혼해도 그 사람에게 만들어 줄 수 있을 거야.

먼저 마늘은 2쪽을 준비해서 각각 4등분으로 편썰기를 해 둬. 감자와 양파는 2밀리미터 두께로 썰 고, 감자는 미리 물에 담갔다가 물기를 잘 빼 두렴. 그 리고 오븐을 200도로 예열해 두는 것도 잊지 마.

돼지고기 덩어리는 칼끝으로 골고루 칼집을 낸 뒤에 4등분한 마늘 8조각을 꽂고 명주실로 모양을 가 다듬듯 묶은 다음, 소금과 후추를 뿌려. 아, 왜 명주실 로 묶는지 알아?

"응? 모르는데. 귀찮지 않아? 묶지 않아도 괜찮 을 것 같은데 안 묶으면 안 돼?"

"그건 말이야. 찌거나 구우면 고기 모양이 흐트 러지잖아. 이렇게 묶어 두면 모양이 바르게 돼. 익숙 해지면 예쁘게 묶을 수 있을 거야. 나는 성격이 꼼꼼

해서 야무지게 묶지. 취미이기도 하고. 그런데 너는 이렇게까지 할 필요는 없어. 모양이 흐트러지지 않을 정도로만 해 두면 돼."

"단지 그걸 위해서?"

"프라이팬에 굽거나 냄비에 찔 때 고기가 움직이게 되면 육즙이 새거든. 그걸 방지하기 위한 이유도 있어."

그럼 계속할게. 프라이팬에 올리브유 2큰술을 두르고 달궈서 감자를 볶아. 감자가 반투명해질 즈음 양파를 넣고 볶다가 숨이 죽으면 내열 용기로 옮길 거야. 다음에는 돼지고기를 전체적으로 노릇해질 때까지 구워 줘.

내열 용기에 담은 감자에 수프 재료를 붓고, 생크림을 전체에 끼얹어. 이제 중앙에 돼지고기를 올린 다음, 200도로 예열된 오븐에서 30~40분 정도 구우면 돼.

꼬치로 찔렀을 때 육즙이 투명하면 오븐에서 꺼내렴. 알루미늄 포일로 싸서 20분 정도 식힌 뒤에 썰 거야. 머스터드는 취향껏 곁들이면 돼. 아주 맛있겠지. 상상보다 훨씬 맛있단다. 오븐과 명주실의 승리라고 할 수 있지.

자, 먹을까!

로스트 포크

Rôti de porc

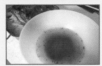

재료(4인분)

돼지 등심 덩어리	500g
마늘	2쪽
소금	적당량
후추	적당량
감자	중간 크기 2개(250g)
양파	중간 크기 1개
올리브유	적당량
생크림	50ml
취향대로 머스터드 등	적당량

수프

뜨거운 물	150ml
치킨 부용	1/2개
말린 타임	1줌
로리에	1장
카레가루	1/2작은술

토마토 파르시와 당근 글라세

Tomates farcies et carottes glacées

도시락은
누구보다

- -

근사하게
채워 줄게

맞아, 프랑스 사람도 도시락을 좋아하더라. 최근에는 어느 가게에서나 도시락통을 팔더라고. 친구한테 자랑하고 싶다고? 좋아, 그럼 오늘은 도시락 반찬으로도 최고인 파르시를 가르쳐 줄게. 이걸 도시락에 넣으면 예쁘고, 맛있고, 먹기도 편하거든.

그러고 보니 네가 어릴 때 내가 매일 도시락을 싸 줬잖아. 기억나? 아마 프랑스 초등학생 중에 최고 좋은 도시락통으로 밥을 먹은 게 너였을 거야. 분명해.

도시락에 요리를 담는 일은 일본의 모형 정원 꾸미기 같은 재미와 풍부한 표현, 예술감 등이 가득해서 내게는 즐거운 작업이야. 네 도시락을 만들 때, 나는 얼마나 영양가 있는 걸 균형 있게 담을까 하는 점을 늘 고심했는데, 이때 도움이 된 게 바로 이 파르시란다.

이건 무언가에 무언가를 채우는 요리야. 이를테면 피망 속에 고기를 채워서 굽는 게 파르시지. 어딘지 모르게 프렌치하다고 생각할 법하지만, 실은 채소에 고기를 채우는 이 요리는 세계 곳곳에 있어.

토마토나 피망 속에 완자 같은 걸 채워서 만드니까 아이들도 먹기 쉽지. 토마토를 별로 좋아하지 않던 네가 토마토를 아주 좋아하는 사람이 된 건 그야말로 토마토 파르시 영향이 클 거야, 그렇지?

나는 여러 가지 채소에 여러 가지 재료를 채웠어. 커다란 애호박을 썰어서 안을 파내고 만들기도 하고, 파프리카, 토마토, 무, 양송이버섯, 표고버섯, 양배추, 배추 등등 안을 채울 수 있는 채소라면 뭐든 채웠지.

그런데 토마토가 제일 맛있더라고. 토마토 파르시를 오븐으로 만들면 토마토즙이 육즙과 섞여서 저절로 특제 소스가 만들어지거든.

오늘은 토마토 파르시와 당근 글라세를 같이 만들어 보자. 도시락에 넣기 좋고, 도시락이 아니어도 색깔이 예뻐서 이것만으로 훌륭한 음식이 될 거야. 간은 자유야. 맵거나 달거나 마음대로. 도시락에 넣을 거니까, 오늘은 미디 토마토를 사용해야지. 그 편이 색감도 더 살아날 테니까.

먼저 볼에 다짐육을 넣고 화이트와인, 올리브 유, 그 밖의 재료를 넣은 다음 잘 섞어서 냉장고에서 반나절 정도 재워 두렴. 이 반나절이 중요해.

다음에 토마토의 꼭지보다 조금 아래쪽을 수평으로 자르고, 티스푼으로 알맹이를 도려내. 이 작업은 의외로 즐겁단다. 이런 평범한 작업을 나는 좋아해. 도려낼 때는 살짝 즙을 남겨 둬. 토마토즙을 조금 남겨 두면 나중에 돼지고기 육즙과 섞여서 맛이 좋아지거든.

오븐을 190도로 예열하고 토마토에 속을 채워 줘. 이것 역시 즐거운 작업이지. 그라탱 접시에 적당량의 올리브유를 두르고 속을 채운 미디 토마토를 예쁘게 정렬하자. 다 됐으면 오븐에 넣어서 25~30분 정도 구워 볼까. 표면에 살짝 색이 날 정도로 구우면 오케이야. 간단하지?

자, 다음은 당근 글라세. 당근은 동그란 모양이든 막대기 모양이든 써는 사람 마음대로 1센티미터 두께로 썰어 줘. 끝을 둥글게 깎는 것도 잊지 말고. 이

것도 단순한 작업이지만, 글라세 맛이 한결 풍부해지 거든. 각이 진 인생보다는 둥글둥글한 부드러움이 아름다운 멋을 연출하는 것처럼 말이야.

　　냄비에 당근을 나란히 넣고 잘박잘박하게 물을 부은 뒤에 버터, 설탕, 콩소메를 넣고 졸이다가 수분이 날아가면 불을 줄여 줘. 당근이 살짝 눌어붙으면, 자, 다 됐습니다. 이걸 도시락에 담을 건데 어때? 즐겁지? 뚜껑을 여는 게 기대되는 도시락 완성!

토마토 파르시와 당근 글라세

Tomates farcies
et carottes glacées

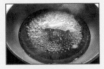

재료
토마토 파르시

미디 토마토	8개(지름 약 4cm)
돼지고기 다짐육	150g
레드와인	1큰술
올리브유	1큰술
생파슬리	약간
커민가루	약간
마늘	약간(다진 것)
피시소스	약간
타바스코	약간
간장	약간
소금	약간
후추	약간

당근 글라세

당근	1개
버터	10g
설탕	1큰술
콩소메 큐브	1/2개

오리 가슴살 구이와 호두 타레 메밀국수

Magret de canard rôti et nouilles soba à la crème de noix

할아버지의
맛을

- - - - - - - - - - - - - - - - - -

네게도
전해 주고 싶어

내 아버지는 네겐 자상한 할아버지였지만, 나와 내 동생, 그러니까 네 삼촌에게는 아주 엄격한 사람이었어. 일을 좋아하는 워커홀릭이자, 일본을 위해 일하는 걸 좋아하는 사람이기도 했지. 나는 그런 할아버지에게 말대꾸하다가 곧잘 얻어맞았고. 그래서 도망친 거야. 하지만 할아버지는 맛있는 음식을 만드는 장인이기도 했단다.

특히 할아버지의 오리 요리는 정말 맛있었어. 그때만 해도 돼지고기는 쉽게 살 수 있지만, 오리고기는 전문점에 가야만 살 수 있는 고급품이었거든. 베이징덕이나 오리 로스트 등등 일본에서 오리는 대표적인 고급 음식 재료였지.

지금 프랑스에서는 닭고기보다 조금 비싼가 싶은 가격으로 슈퍼마켓에서 흔하게 팔고 있잖아? 일본에는 조수보호법이 있는데 수렵 대상인 오리는 사냥할 수 있었어('야생동물의 적절한 관리와 보호 및 수렵' 조항이 있다—옮긴이). 그래서 11월부터 3월까지는 사냥꾼들이 기름이 잘 오른 물오리를 잡으러 나가곤 했지.

할아버지는 사냥한 고기로 요리하는 걸 좋아했

거든. 이 오리고기 요리만큼은 내게 할아버지의 맛이야. 그래서 나도 너한테 제일 먼저 가르쳐 줘야겠다고 생각했지. 오리 요리를 할 줄 알면 귀한 손님이 와서 대접했을 때, "오, 이거 진수성찬이네." 하기도 할 테고.

　　오리 가슴살은 부드러우면서 식감이 좋고, 게다가 기름이 달콤한 게 특징이야. 평범한 닭고기에서는 이렇게까지 육즙이 나오지 않거든. 일본에서는 기름과 살의 균형이 적절한 이와테 지역의 오리가 인기야. 물론 교토 오리나 가와우치 오리 등도 유명하지. 일본인에게도 인기 있는 프랑스 오리는 샤랑트 지방에서 사육한 샤랑트 오리란다. 육즙이 많고 깊은 맛이 나서 최고의 품질로 알려져 있어. 오늘은 이 샤랑트 오리로 요리를 해 보자.

　　20년 전 프랑스로 건너왔을 때, 나는 일본의 맛에 굶주려 있었어. 메밀국수를 좋아하는 나는 일본에서 메밀국수 건면을 대량으로 가지고 와서 시원한 호두 타레(으깬 호두를 볶아서 간장과 설탕, 육수를 넣어 섞은 것―옮긴이) 메밀국수를 곧잘 만들었지. 어느 날, 샤랑트 오리구이와 이 호두 타레 메밀국수를 조합하면 맛있지 않을까 싶어서 한번 해 봤더니, 와우, 정말 깜짝 놀랄 정도로 맛있더라고.

생크림을 사용해서 고급스러운 맛도 나. 일본을 그리워하며 만들다 보니 일본–프랑스를 혼합한 맛있는 누벨nouvelle 국수 오리 요리가 완성된 거야.

만드는 과정이 좀 수고스럽지만, 곧 크리스마스이고, 12월에 꼭 먹었으면 하는 요리니까 해 볼까.

오리 가슴살은 조리하기 30분~1시간쯤 전에 냉장고에서 꺼내 상온에 둬. 그리고 호두를 프라이팬에 볶아. 호두는 볶으면 고소한 향이 배가 되거든. 다음으로는 흰깨를 볶을 텐데, 같이 볶으면 깨가 먼저 타니까 따로따로 볶는 게 좋아.

호두 타레 재료를 전부 믹서에 넣고 갈아서 미리 타레를 만들어 둬. 멘츠유, 생크림, 백미소를 사용하면 맛도 깊어지고 풍미의 차원이 달라진단다. 생크림과 백미소의 궁합이 특히 좋아. 그야말로 이 부분이 일본-프랑스 혼합의 정수라고 할 수 있지.

오븐은 180도로 예열해 둬. 오리고기는 튀어나온 양쪽 끝의 기름을 먼저 칼로 잘라 내렴. 이때 붉은 살 쪽의 피나 얇은 껍질도 잘라 내야 해. 피 주머니는 칼끝으로 콕 찍어서 떼어 내고, 얇은 막도 칼을 넣어 벗겨 낼 거야. 이런 밑 준비를 꼼꼼히 하는 일이야말로 맛있는 음식을 만드는 요령이지.

너한테는 좀 어려울 수도 있어. 무리한 요리일지도 모르지만 어른의 맛을 알아 두는 것도 중요하니까 잘 배워 둬. 좋은 혀를 갖고 있으면 인생이 더 즐거워진다.

오리 가슴살은 붉은 살과 껍질과 기름 부분으로 선명하게 나뉘는데, 먼저 껍질 쪽에 바둑판무늬로 칼집을 넣어야 해. 이렇게 하면 고기가 줄어들지 않거든. 이제 달군 프라이팬에 껍질을 아래로 해서 오리고기를 넣은 뒤, 마늘을 곁들여 중간 불로 구워 줘. 기름이 나오기 시작하면 약한 불로 줄이고. 봐, 아주 맛있는 냄새 나지? 이대로 내버려 두면 돼. 기름이 나올 때까지 지직지직 구우렴.

껍질이 고소하게 익으려면 한 10분 정도 걸리려나. 그럼 뒤집어서 살코기 쪽도 살짝 노릇한 색이 나게 구워 줘. 살짝이면 돼. 전체적으로 열이 전해졌구나, 생각될 때까지면 충분해.

좋아, 그럼 오븐 접시에 쿠킹시트를 깔고 이번엔 껍질 쪽이 위로 가게 오리고기를 올린 다음, 마늘도 넣어 주자. 오븐에서 약 10분 정도 구울 거야. 다 구워졌으면 오리고기와 마늘을 꺼낸 뒤에 알루미늄 포일에 싸서 10분 정도 쉬게 해 줘. 쉬는 동안 고기 속에 맛이 침투하거든.

프라이팬에 남은 오리고기 기름에 멘츠유를 섞어서 삶은 메밀국수를 버무리고, 그 위에 오리고기를 썰어서 올린 다음, 호두 타레를 끼얹어. 마지막에 메밀을 프라이팬에 볶아서 뿌려도 좋아. 마늘과 파까지 곁들이면 완성! 자, 먹어 볼까!

오리 가슴살 구이와 호두 타레 메밀국수

Magret de canard rôti et nouilles soba à la crème de noix

재료(2인분)

오리 가슴살	1덩어리
마늘	3~4쪽
메밀국수	200g
멘츠유	적당량
파	적당량

호두 타레

호두	50g
흰깨	1/2큰술
멘츠유(3배 농축)	50ml
물	50ml
백미소	1/2큰술
생크림	1/2큰술
설탕	1/2큰술

살몬 크루테
Saumon en croûte

너와
처음으로

함께했던
요리

네가 요리에 처음 눈뜬 날을 난 잊을 수 없어. 기억나? 너 중학교 1학년 때 말이야. 같이 살몬 크루테 만들었잖아. 그래, 생각나지? 그날 우리 박장대소했던 거.

　　네게 맨 처음 가르쳐 준 게 베샤멜소스 만들기였지. 그리고 해동한 파이 생지를 면봉으로 늘이는 작업도 네 담당이었고. 베샤멜소스를 만들 수 있게 되면서, 너는 그라탱 크로켓도 만들 수 있게 됐고, 크로크무슈도 능숙하게 만들었지. 베샤멜소스는 요리의 기본이니까.

　　그리고 살몬 크루테는 그래, 공작工作이었지. 요리라기보다 예술이었어.

　　너는 생지에 칼집을 넣고 연어를 둘둘 말아 주고는 "뭔가 미라 같아!" 하면서 완전 흥분했잖아. 처음엔 만들면 어떤 모양이 되는지 그려지지 않으니까 시키는 대로만 하다가, 점점 완성되어 갈수록 표정이 바뀌더니 마지막에는 어, 이거, 어떻게 된 거야? 하면서 완전 재미있어 했었지. 그 점이 이 요리의 즐거움인 것 같아.

　　그 뒤로도 우리는 이따금 나란히 주방에 섰어. 주방이라는 곳은 인생을 배우는 장소이기도 하고, 인생의 좋은 피난처이기도 해. 나는 외로울 때면 한밤중에 냉장고를 열고 안에 있는 냉장고 요정인 냉순이와 얘기를 나누기도 한단다. 농담이야, 그런 눈으로 보지 마!

　　뭐, 요리는 살아가기 위한 수단이니까. 특별한 대화는 없어도 '맛있는 걸 창조한다.'라는 목표를 향해 나아가면 부모 자식 간에 의리도 더 깊어지고, 살아갈 희망도 싹트지 않을까. 요리는 철학이고, 운동이고, 창작이고, 살아가는 기쁨이니까.

　　좋은 냄새가 솔솔 나고 오븐에서 살몬 크루테가 나온 순간, 우리 동시에 브이를 그렸잖아. 그렇게 잘 구워진 생선 모양의 파이가 완성됐으니 흥분하지 않을 수 없지. 제일 놀란 게 요리를 만든 너였으니까, 정말 이건 최고의 어트랙션이자 궁극의 요리라고 하기에 충분해.

오늘은 오랜만에 살몬 크루테를 만들어 볼까. 네 생일이었고, 열일곱 살이 된 기념으로 공동 작업 한번 해 보자.

먼저 미소 베샤멜소스부터 만들어 볼 거야. 우선 약한 중간 불에서 작은 프라이팬에 버터를 녹이고, 밀가루를 넣은 다음 우유를 조금씩 부어 주는 거야. 이때는 나무 주걱으로 치대면서 끈기 있게 섞어 줘야 한단다.

여기에 소금과 후추 약간, 간장을 넣고 마지막으로 미소 된장까지 넣었으면 야무지게 섞어 줘. 그럼 베샤멜소스 완성. 미소 된장 양은 맛을 봐 가면서 취향대로 넣으면 돼.

오븐은 200도로 예열해 둬. 프라이팬에 가늘게 썬 대파와 시금치를 볶고, 다 볶아지면 소금, 후추를 뿌린 다음 약간 식히자. 너무 뜨거우면 파이 생지가 녹아 버리니까.

해동한 파이 생지는 국수 방망이로 쭉쭉 늘여

가면서 연어가 들어갈 정도의 크기로 동그랗게 모양을 만들어 줘.

생지 중앙에 파, 시금치를 놓고, 그 위에 소금과 후추를 뿌린 다음 연어를 올려. 그런 뒤에 미소 베샤멜소스를 연어가 가려지도록 덮고, 마지막에 녹는 치즈를 뿌리는 거지.

파이 생지에는 가장자리에 빗살무늬처럼 비스듬히 칼집을 내 절취선을 만들 거야. 절취선을 만들 때는 자 대신에 긴 젓가락 등을 놓고 간격을 고르게 잡아 주렴.

절취선대로 파이 생지를 떼어 낸 다음 교차하며 포개 줘. 끝까지 다 포개졌으면 이번에는 양 끝을 오므리고, 점토 놀이하듯 머리와 꼬리 쪽을 좋아하는 모양으로 만들어 주는 거야. 윤기 나게 하고 싶으면 약간 묽게 한 달걀노른자를 붓을 이용해서 표면에 바르면 돼.

오븐 팬에 쿠킹시트를 깔고 물고기 모양 파이를 올려서 예열한 오븐에 넣어. 이제 20분 뒤면 바삭바삭하고 육즙이 풍부한 살몬 크루테가 완성된단다.

오븐에서 꺼낼 때 "와우!" 하는 얼굴을 볼 수 있는 게
최고지.

살몬 크루테

Saumon en croûte

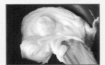

재료

대파	1/2대
시금치	2뿌리
소금	약간
후추	약간
냉동 파이 생지	1장(150~180g)
생연어	200g
녹는 치즈	30g
달걀노른자	1/2개

미소 베샤멜소스

무염버터	15g
밀가루	15g
우유	70ml
소금	약간
후추	약간
간장	1/4작은술
미소 된장	15g

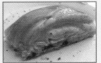

폼 도핀

Pommes dauphines

요리도
인생도

다 순서가
있어

"어디 다녀왔어?"

"오늘은 음, 샤토레에 친구 만나러."

"어떤 친구?"

"음악 친구들. 이번에 나, 거기 그룹에 들어가게 됐어. 요즘 가장 건강한 비트 메이커들(힙합계 음악 프로듀서)이랑 친구가 된 거 있지. 레니라는 애가 있는데 그 애 소개로 들어가게 됐어. 그 아이는 프로를 목표로 하고 있대. 음악 들어 볼래?"

(휴대전화에서 음악이 흘러나왔다.)

"좋네."

"어제 스포티파이에 올렸는데 하루에 2,000명이나 봤더라. 나 요즘 레니랑 음악 만들고 있어. 알지? 공부도 잘하고 있고, 대학에도 갈 거니까 걱정하지 마. 다만 이런 시대니까 꿈은 계속 갖고 싶다는 거야. 자기만의 세계를 가진 사람들이 요즘 세상에 얼마나 필요한데."

"알아. 오늘은 같이 폼 도핀 만들 거야. 이걸 기

억해 두면 음악 못지않게 인생을 풍요롭게 할 수 있어. 위도 빵빵해지고 쫀득한 도넛처럼 맛있어서 얘기가 통통 튈 거야. 음악에도 최적인 음식이지."

(주방으로 이동해서 요리 준비를 한다. 아이는 얘기를 계속했다. 항상 이렇게 자기 얘기를 재잘거리는 아이는 아닌데 자극을 받은 모양이다. 넘쳐 나는 말이 마구 날아들었다. 오늘 자기가 경험한 걸 누군가에게 전하고 싶은 것이다.)

"아빠, 우리는 로봇이 아냐. 살아 있으니까 역시 그걸 느끼고 싶은 거지. 일을 위해서만 사는 게 아니라 우리는 사람으로서 살아 있다는 걸 느끼고 싶어. 레니를 보고 있으면 가만히 있을 수 없더라고. 세상이 전율하는 듯한 느낌이 들어. 알아? 음악이 우리를 움직이는 기분. 그걸 억제할 수가 없어."

(나는 재료를 싱크대 옆에 늘어놓으면서 아이가 진정되기를 기다렸다. 하지만 아무래도 오늘은 분출하는 에너지를 막을 수 없을 것 같다. 안다. 나도 열일곱 살 때 그랬으니까.

마치 그날의 나를 보는 것 같기도 했다. 다만 다른 건 그 무렵, 아직 세상에는 코로나19 바이러스가 존재하지 않았다는 것.)

　　"우리는 서로 영향을 주며 살아가고 있어. 누군 가의 감정을 받아들이고 그걸 내 비트로 만들어서, 또 토해 내. 우리 세대 젊은이들은 이 고통스러운 시대에 서로 기대고, 각자의 방에서 조그맣게 흔들리고 있는 거야. 아빠도 알지?"

　　"응, 알지. 누구도 너를 막을 수 없어. 왜냐하면 살아 있으니까."

　　"고마워. 오늘 있었던 일을 얘기하고 싶었어."

　　(나는 꿈속에 있는 듯한 아이 옆에서 감자를 깎고, 적 당한 크기로 썰어서 냄비에 삶았다.)

　　"하지만 조심해 줘, 코로나19는. 그리고 모르는 사람들 속에 들어갈 때는 그 사람들을 잘 봐야 해. 속 이는 녀석도 있고, 차별당할 때도 있으니까."

　　"알아. 나는 신중하고 레니도 그래. 우리는 아

직 어려. 그래서 조심하고 있어. 근데 레니는 지난달에 믹스를 의뢰받아서 300유로를 벌었대. 대단하지? 그 돈은 자기 음악 홍보를 위해 썼대."

(15분 정도 끓여서 감자에 꼬치가 쑥 들어가면 다 익은 거니까 건져서 볼에 넣고 포크로 으깬다. 이어서 슈 반죽을 만든다. 물, 버터, 소금, 후추, 넛메그를 프라이팬에 넣고 불을 켠다.)

"알겠지만 넌 아직 열일곱 살이야. 돈 버는 일은 허락하지 않을 거야."

"알아. 우리는 대학을 목표로 하고 있으니까 안심해."

(버터가 녹으면 밀가루를 넣고 나무 주걱으로 재빨리 저어서 하나로 만든다. 거기에 풀어 놓은 달걀을 조금씩 넣는다. 처음에는 따로 노는 것 같지만, 초조해하지 말고 달걀을 넣을 때마다 끈기 있게 섞다 보면 이윽고 매끄러운 반죽이 완성된다. 꽤 힘이 필요한 일이어서 아들에게 시키기로 했다.)

"인생은 요리와 같아서 모든 것에 공정工程이라는 게 있어."

"음악도 마찬가지야."

"공정을 건너뛸 수는 없어. 이렇게 슈 반죽이 완성되면 여기에 감자를 섞는다. 봐, 이것으로 반죽 끝. 거기 숟가락 좀 줄래."

"응."

"숟가락 두 개를 사용해서 반죽을 동그랗게 만들어. 그리고 180도 정도의 기름에 5분 정도 튀겨 주는 거지. 곱게 여우색이 되면 완성이야. 너의 음악도 내가 만드는 폼 도핀도 공정이 중요하다는 것만은 기억해 주길 바라. 공부도, 인생도, 다 순서가 있단다. 알겠니?"

"응, 알겠어."

"그럼 어서 먹자!"

폼 도핀

Pommes dauphines

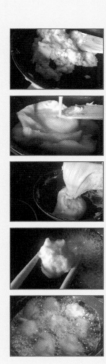

재료

감자	중간 크기 2개(250g)
물	120ml
버터	30g
소금	적당량
후추	적당량
넛메그	약간
밀가루	60g
달걀	2개
튀김용 기름	적당량

진한 말차 파운드케이크
Gâteau au thé matcha

기본을
꼭

지켜야 할 때도
있는 법

너 기억해? 해마다 내가 손수 네 생일 케이크를 만들었잖아. 너는 달콤한 간식을 좋아하지 않는 독특한 아이였지만, 내가 만드는 별로 달지 않은 어른 맛 케이크는 곧잘 먹었지. 그래서 매년 그렇게 생일이나 크리스마스 때 내가 직접 여러 가지 케이크를 만들었던 거야.

　　제과를 할 때 가장 중요한 마음가짐을 하나 가르쳐 줄게. 내가 처음 케이크 만들 때 몇 번이나 실패했던 건 나의 독창성과 눈대중과 애드리브가 방해했기 때문이었어. 알겠니? 케이크 만들기는 요리와 달리 분량, 순서를 제대로 지키지 않으면 부풀지 않기도 하고, 가루처럼 되기도 하고, 딱딱해지기도 해. 조금만 실수해도 치명적이지. 제과에서 레시피는 그야말로 신이야, 신. 알겠지?

　　순서를 틀리면 돌이킬 수 없는 상태가 되기도 해. 요리라면 간장 넣는 타이밍이 조금 잘못돼도 어떻게든 음식이 만들어지고, 재미있는 효과가 날 때도 있지.

그런데 제과는 달라. 물론 약간의 수정은 가능하지만, 기초를 확실히 지키지 않으면 실패해. 이게 요리와 제과의 결정적 차이야.

오늘 네게 가르쳐 줄 건 약간 어른 맛 케이크인데, 그래, 바로 네가 좋아하는 말차 파운드케이크야. 프랑스 사람은 말차를 무척 좋아해. 이걸 기억해 두면 인기인이 될 수 있단다.

케이크를 만들기에 앞서 몇 가지 준비가 필요해. 먼저 무염버터를 1시간쯤 전에 냉장고에서 꺼내서 상온에 놓아 두렴. 손가락으로 눌러서 살짝 들어갈 정도로 녹았을 때 사용하면 돼. 그리고 박력분과 베이킹파우더를 체에 같이 내려 줘. 쿠킹시트는 파운드 틀 크기에 맞게 잘라서 깔아 준 다음, 오븐은 170도로 예열해 둬.

준비가 다 됐으면 드디어 만들기 시작이야. 볼에 버터와 설탕을 넣고 거품기로 하얗게 페이스트 상태가 될 때까지 저어 줘. 나는 곧잘 수동 믹서를 사용하는데 이게 편리하더라고. 사실 제과는 남자에게 즐거운 작업이야. 수동 믹서의 진동은 전동 드릴로 벽에 구멍을 뚫을 때와 같은 즐거움이 있거든. 이 진동이 미친단다.

그다음 이 볼에 달걀 푼 것을 5회에 걸쳐 조금씩 부으면서 섞어 주는 거야. 단번에 부으면 분리되니까 5회로 나눠서. 부을 때마다 분리되지 않도록 수동 믹서로 잘 섞는 게 중요해. 반죽이 반들반들할 때까지 섞어야 해.

레시피는 뭐다?

"레시피는 신?"
"맞아, 정답. 여기까지 잘 알겠지?"

이제 말차를 뜨거운 물에 녹일 거야. 말차에 뜨거운 물을 조금씩 부어 가면서 녹이면 돼. 이렇게 녹은 말차는 우유와 함께 볼에 있는 반죽에 붓고 또 잘 섞어야 해.

이게 완성되면 다음에는 체를 쳐 둔 박력분과 베이킹파우더를 단번에 넣고 고무 주걱으로 쓱쓱 섞어 줘. 한 서른 번 정도 반죽을 주걱으로 가르듯이 섞어. 쓱 갈라서 원을 그리듯이 섞기를 반복하는 거지.
이것도 알겠지?

　　너무 많이 섞어도 너무 적게 섞어도 안 돼. 이
차이만큼은 유감스럽게도 레시피에 쓰여 있지 않아.
이게 제과의 골치 아픈 점이기도 하지. 레시피대로만
하면 최고로 맛있는 게 완성될까 싶지만 실은 그렇지
않거든.

　　실패를 거듭하면서 능숙해지는 수밖에 없어.
하지만 레시피를 지키면 최소한의 목표에는 도달할
수 있단다. 최소한의 규정을 지킨 다음, 나머지는 몇
번이고 만들어 가며 서서히 맛있게 완성하게 되는 게
제과의 정석이라고 할 수 있지.

　　그럼 계속하자. 만든 반죽을 드디어 파운드 틀
에 부을 거야. 이것도 어딘가 공작과 비슷해서 재미있
어. 이제 170도로 예열해 둔 오븐에서 40분 정도 구
우면 돼.

　　다 구워지면 마무리로 슈거파우더에 물을 소량
넣고 만든 시럽을 발라 줘. 굽는 동안 부드럽게 거품

을 내 만들어 둔 생크림까지 곁들이면 더 맛있겠지?

자, 먹을까!

진한 말차 파운드케이크

Gâteau au thé matcha

재료(파운드 틀 1개분)

무염버터	100g
박력분	90g
베이킹파우더	1/2작은술
설탕	90g
달걀	2개
말차	10g
우유	1큰술
슈거파우더	적당량
생크림	적당량

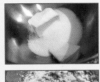

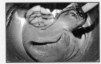

우리 집의 아메리칸 쿠키
Cookies moelleux Américains

오늘도
유리병에

- - - - - - - - - - - - - - - - - - - -

행복을
채워 놓을게

언제나 우리 집 주방의 커다란 유리병에 들어 있는 쿠키. 어린 시절 너는 그게 떨어지면 "케이크 같은 쿠키 또 먹고 싶어. 사 와."라고 해서, "그건 파는 게 아니야." 하고 가르쳐 줬었지.

벌써 몇 년째 이 쿠키는 우리 집 대표 과자로, 떨어진 적이 없어. 네가 잠들고 나면 나는 열심히 이 쿠키를 만든단다.

자랑은 아니지만, 아니, 자랑이지만 시판 쿠키보다 훨씬 맛있지. 갓 만들었을 때는 압도적으로 촉촉하고 놀라울 만큼 부드러워서 이걸 먹고 나면 이제 다른 쿠키는 먹을 수 없게 돼. 너는 알잖아?

자꾸 잘난 척해서 미안하지만 우리 집에서 쿠키는 사는 게 아니라 만드는 거야. 밥을 짓는 것과 다름없지. 떨어지면 만들어서 파더스 쿠키father's cookies를 보충하니까. 저 커다란 유리병에 파더스 쿠키가 채워져 있다는 건 행복의 증거이기도 해.

사실 이 쿠키에는 이런 역사가 있어. 내가 젊었

던 시절, 그러니까 30대 때 미국에서 산 적이 있는데, 그때 암트랙amtrack 철도를 타고 몇 번이나 미국 종단 여행을 했었어.

어느 날, 텍사스의 푸드트럭 쿠키 가게에서 '텍사스 소프트 컨트리 쿠키'라는 걸 먹었는데, 얼마나 부드럽고 맛있는지 먹자마자 정말 기절할 뻔했잖아.

너무 맛있어서 매일 그 쿠키를 사러 갔지. 그때 거기서 일하는 조지라는 파티시에와 친해져서 레시피를 배우는 데 성공했단다. 하지만 그 레시피는 바삭바삭한 느낌이 강했어. 그것도 물론 맛있었지만 나는 좀 더 촉촉하게 만들고 싶어서 연구를 거듭했고, 그렇게 탄생한 게 지금 나의 이 케이크 쿠키야.

너는 지금도 매일 이 쿠키를 먹고 있잖아. 매일 먹어도 질리지 않게 연구했거든. 레시피로 보면 별거 아닌 것 같아도 여러 번 만들면서 점점 요령을 터득한 거라고.

그때 조지가 한 말을 잊을 수 없어.

"세계에는 온갖 맛있는 것이 있지. 하지만 이 아메리칸 쿠키만큼은 미국이 세계에 자랑하는 최고의 과자야."

먼저 볼에 박력분, 소다, 베이킹파우더, 소금을 넣고 가볍게 섞어 두렴. 다 섞었으면 잠시 옆에 놓고, 다른 볼에 버터를 녹여 줘(중탕해서 완전히 녹여도 괜찮아). 거기에 브라운슈거와 그래뉴당과 바닐라에센스를 넣고 거품기로 잘 섞은 다음 달걀을 넣고 반들반들해질 때까지 또 섞는 거지.

여기에다 먼저 섞어 둔 가루를 일단은 반만 넣어. 알겠지? 반이다. 숟가락으로 대충 섞어도 돼.

"한 번에 다 하면 안 돼."라고 조지 아저씨가 말했어. 들을 때는 잘 몰랐지만, 해 보면서 알게 된 건데 한꺼번에 다 하면 제대로 섞이지 않더라고. 그래서 두 번에 나눠서 넣는 거야.

이제 남은 가루도 더해서 가루가 없어질 때까지 확실하게 섞어 줘. 이게 이 레시피에서 가장 중요한 포인트야.

다 섞었으면 잘게 부순 초콜릿을 넣고 랩을 씌워서 냉장고에 30분 정도 넣어 둬. 그동안 오븐을 180도로 예열해 두면 되겠다.

오븐 팬에 쿠킹시트를 깔고 냉장고에서 꺼낸 반죽을 숟가락으로 떠서 시트에 간격을 두고 올려 주렴. 구워지면서 부푸니까 4~5센티미터 정도 간격을 두는 게 좋을 거야. 너무 납작하게 하지 말고, 아이스크림을 뜨는 느낌으로 높이감 있게 떠서 담아야 한다.

담았으면 오븐에 넣을 건데 여기서 또 중요한 포인트가 있어. 반죽에 이불을 덮어 주는 느낌으로 쿠킹시트를 덮어 주는 거지. 그리고 10분 정도 구워.

다 굽고 나면 너무 부드러워서 깨지기 쉬우니까 오븐에서 팬을 꺼내면 10분 정도 그대로 두었다가, 남은 열이 가시고 쿠키가 어느 정도 굳어진 뒤에 식힘판에 올려서 식혀 줘야 해.

따뜻할 때 먹어도 좋고, 좀 식힌 뒤에 먹어도 촉촉한 느낌은 다르지 않지. 다음 날 먹을 때는 전자레인지로 10초 정도 데우면 초콜릿이 사르륵 녹아서 케이크 같은 쿠키가 될 거야.

　　역시 집에서 만드니까 촉촉한 느낌이 뛰어나
지. 그리고 의외로 이 부드러움이 오래가더라. 몇 개
고 계속 먹게 되는 맛이야.

우리 집의 아메리칸 쿠키

Cookies moelleux Américains

재료

박력분	180g
소다	1/2작은술
베이킹파우더	1/2작은술
소금	한 꼬집
무염버터	100g
브라운슈거	100g
그래뉴당	40g
바닐라에센스	1/2작은술
달걀	1개
초콜릿	원하는 만큼

* 호두 등 견과류를 넣어도 맛있다.
* 반죽은 오븐 팬에 간격을 두고 담기. 오 브 팬에 다 올리지 못했을 땐 몇 차례로 나눠서 굽는다.

싱글대디가 됐을 때의 절망감은 아직도 잊을 수가 없다.

그날부터 아이는 마음을 닫고 감정을 잘 드러내지 않게 됐다. 어떻게든 해야 한다는 생각이 필사적으로 들었다. 어떻게 하면 옛날처럼 웃는 얼굴 가득한 날로 돌아갈 수 있을까 고민했다.

어느 날 밤, 아이 방을 둘러보러 갔더니 잠든 아이가 껴안고 있는 곰 인형 차차가 젖어 있었다. 축축했다. 어? 깜짝 놀라 눈가를 만져 보니 젖어 있다. 내 앞에서는 절대 울지 않았는데.

그때 정말 미안했다. 내가 엄마 역할까지 해야겠다고 생각한 것도 그 순간이었다.

나도 아이도 잘 먹지 않고 있었다. 넓고 차가운 집이었다. 이래서는 안 되겠다고 생각해 작은 아파트로 이사했고, 우리는 딱 붙어 지내게 됐다. 그 무렵 나는 위궤양 진단을 받고 매일 약을 먹었다. 몸무게가

50킬로그램도 간신히 나갈 정도로 빠졌다. 먹어야 한다고 생각했다. 그리고 그러기 위해서는 맛있는 음식을 해야 한다고 생각했다.

매일 아침, 하얀 쌀밥 도시락을 싸기 시작했다. 거기에 나는 '아침 도시락 습관'이라고 이름을 붙였다. 점심에는 급식이 나오고, 저녁에는 자연스럽게 웃는 얼굴로 돌아올 만한 요리를 준비했다.

남자인 내가 엄마를 대신할 순 없지만 내가 유일하게 할 수 있는 게 요리였다. 요리를 잘하는 것에 감사한다.

만약 요리를 못했더라면 더 힘든 생활을 했을 것이다. 요리를 시작하고 집 안에 온기가 돌아왔다. 먹어야 한다고 자신을 다그치는 걸로 하루하루를 유지할 수 있었다.

축 처져 있을 수만은 없었다. 내가 여기서 노력하지 않으면 가족이 무너진다. 그래서 종일 주방의 불을 끄지 않았다. 주방 옆에 작은 테이블을 사서 거기에 컴퓨터를 놓고, 찜 요리 등을 하면서 온기를 지우지 않으려고 애를 썼다.

요리를 좋아하는 친구가 토마토에는 영양소가 가득하니까 일단 토마토를 먹이라고 했다.

지푸라기라도 잡고 싶은 날들에, 토마토를 통해 구원받았다. 토마토와 마늘 파스타를 자주 만들어 먹었다. 거기에 참치 통조림을 넣기도 하는 등 다양하게 연구하게 됐다.

"맛있어?"

물으니 아이는 조그맣게 고개를 끄덕이며,

"응, 맛있어."

라고 했다.
아무것도 아닌 대화였지만, 그건 가족 회복을 위한 최초의 한 마디였다.

"맛있어?"
"응, 맛있어."

매일이 이 대화의 반복이었다. 그러는 동안 내 몸무게가 조금씩 늘어갔고, 동시에 아이의 얼굴에 조금씩 미소가 찾아왔다. 물론 전과 같은 가족은 되지 못하지만, 새로운 가족의 형태가 거기에 있었다. 먹는 것은 사는 것의 기본이었다.

아무리 바빠도 제대로 된 요리를 할 것. 거기에 그 나름의 시간을 쏟을 것. 그것이 내게는 회복의 첫걸음이 됐다.

이윽고 온기 있는 맛있는 요리를 통해 아이의 말과 목소리와 웃음이 돌아왔다. 밝음이 돌아왔다. 그 나름의 행복도 돌아왔다. 나는 아빠이자 엄마였다.

이혼한 지 2~3년 정도 지났을 무렵의 어느 날, 아이가 말했다.

"아빠도 이제 자기 생각 좀 해."

울음이 터질 것 같았지만, 꾹 참았다. 지금도 잊을 수가 없다. 초등학생이었던 아이가 흘린 눈물의 감촉······.

나는 그 시절 그 토마토 파스타를 인생의 초심이라고 생각하게 됐다. 참치 통조림으로 만드는 토마토 파스타는 여전히 우리 집의 단골 요리 중 하나다. 조금도 세련되지 않고 호화롭지도 않은 일상의 맛이다.

　　아이가 울면서 자던 그날을 지금도 기억하고 있을까?

　　아이의 그 보이지 않는 마음의 상처를 달래 준 게 토마토 파스타였다.

　　자, 오늘도 요리와 마주해 보자.

　　먼저 프라이팬에 올리브유를 두른 다음, 성기게 다진 마늘, 안초비, 케이퍼를 넣고, 마늘 향이 날 때까지 약한 불에서 볶는다. 향이 솔솔 나면 가늘게 썬 적양파를 넣고 볶는다.

　　양파가 투명해지면 화이트와인을 넣고 불을 약간 세게 해 알코올을 날린 다음 통조림 토마토를 넣은 뒤 뚜껑을 덮고 10분쯤 끓인다. 여기에 기름을 쫙 뺀 참치 통조림을 넣고 15분 정도 더 끓인다. 다 끓었으

면, 마지막에 생크림(혹은 사워크림)을 넣고, 소금, 후
추로 간을 맞추면 완성이다.

아들, 모든 시작이 여기 있지? 보나페티.

참치 토마토 파스타

*Pâtes au thon
à la tomate*

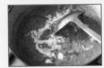

재료(2인분)

마늘	1쪽
안초비	2장
케이퍼	10알 정도
올리브유	1큰술
적양파	중간 크기 1개
화이트와인	2큰술
토마토 통조림	400g
참치 통조림	140g
생크림	2큰술
소금	적당량
후추	적당량
좋아하는 파스타 면	180g

네가
 맛있는 하루를
보내면
좋겠어

1판 1쇄 발행	2022년 9월 30일
1판 2쇄 발행	2022년 10월 11일
지은이	츠지 히토나리
옮긴이	권남희
발행인	황민호
본부장	박정훈
기획편집	김순란 강경양 김사라
마케팅	조안나 이유진 이나경
국제판권	이주은 정유정
제작	심상운
발행처	대원씨아이㈜
주소	서울특별시 용산구 한강대로15길 9-12
전화	(02)2071-2095
팩스	(02)749-2105
등록	제3-563호
등록일자	1992년 5월 11일
ISBN	ISBN 979-11-6944-060-8 03830